Complètement à l'Est

DU MÊME AUTEUR

Schluss ?, trad. d'Olivier Mannoni, éditions Globe, 2020.

Walter Kempowski

Complètement à l'Est

Traduit de l'allemand
par Olivier Mannoni

GLOBE

116, rue du Bac, Paris 7e

Titre de l'édition originale :
Mark und Bein
(Albrecht Knaus Verlag, Munich)

Dépôt légal : février 2022

ISBN : 978-2-38361-032-8

À Robert

Car la parole de Dieu est vivante et efficace, plus tranchante qu'une épée quelconque à deux tranchants, pénétrante jusqu'à partager âme et esprit, jointures et moelles ; elle juge les sentiments et les pensées du cœur.

Hébreux, IV, 12

1

À Hambourg, Isestrasse, on trouve encore bon nombre d'opulentes maisons remontant au tournant du siècle, elles se dressent sur cinq ou six étages derrière de vieux marronniers noirs, elles sont ornées de vrilles printanières en stuc, majestueuses, et portent au pignon un millésime triomphal. Les cages d'escalier sont carrelées de faïence et des ascenseurs affaiblis par le grand âge s'y livrent à des ascensions et à des descentes saccadées derrière leurs portes en fer forgé. Quand on est bringuebalé à l'intérieur vers le haut ou vers le bas, on se croirait à Paris, Londres ou Milan.

L'Isestrasse ne serait pas « restée debout » pendant la guerre si les serveurs des bombardiers alliés avaient appuyé sur le déclencheur un centième de seconde plus tôt ou plus tard. Tout autour, une tempête de feu, des explosions, des effondrements – mais l'Isestrasse resta debout et elle l'est encore aujourd'hui, avec ses escaliers faïencés et ses ascenseurs hoqueteux, en dépit de la spéculation et de la manie de la rénovation.

Dans cette rue qui court à l'ombre élégante de gigantesques marronniers – et ce n'est pas banal –, le métro aérien passe toutes les cinq minutes en tonnant sur ses rails d'acier, que les marchands d'antiquités de la région auraient sans doute dépouillés depuis longtemps de leurs ornementations Art nouveau s'il avait été possible de le faire. Sous le métro aérien, on gare des voitures, et le marché paysan s'installe deux fois par semaine, avec sa volaille blême, ses pains au four de la Forêt-Noire et ses fruits du Sud pas mûrs.

À l'avant, le métro aérien ; derrière les immeubles, le canal Isebek, un bras latéral désaffecté et maussade de l'Alster. Des touristes y font des tours de pédalo.

C'est dans l'un de ces édifices que logeait Jonathan Fabrizius, « Joe » pour ses amis, quarante-trois ans, de taille moyenne, un homme qui préférait confier sa coupe de cheveux à un vulgaire merlan plutôt que s'offrir un brushing chez un visagiste.

Le mieux, chez lui, c'étaient ses yeux. Sans être gêné par des microstrabismes ou des courbures d'astigmatisme, ni myope ni presbyte, il enregistrait tout ce dont il était témoin. Il est vrai que les lobes de ses oreilles étaient toujours un peu sales. Et il lui était aussi arrivé de vomir dans une corbeille à papier – mais ses yeux étaient clairs et nets, et les gens qui avaient affaire à lui s'en rendaient bien compte.

« Il est comme il est, disaient ces gens, mais d'une certaine manière… Je ne sais pas… »

Jonathan avait étudié toutes sortes de choses, la langue et la civilisation allemandes, l'histoire, la psychologie et les beaux-arts. Il était monté aux poutres du vieux moulin, de plus en plus haut dans la charpente poussiéreuse, et il avait jeté un coup d'œil par les petites meurtrières que les toiles d'araignées avaient rendues aveugles, il avait regardé la plaine opulente et, à ce moment-là, clarté et vérité étaient descendues sur lui. Et voilà qu'il se retrouvait là avec sa clarté et sa vérité, et qu'il regardait autour de lui : que devait-il faire, maintenant que ses ganglions étaient anoblis ? À quoi devait lui servir cette noblesse ?

Il était toujours inscrit à l'université, rapport à la Sécurité sociale, mais il avait abandonné ses études. Il vivait d'articles de journaux que lui commandaient régulièrement magazines et revues, car les rédacteurs appréciaient son style incisif et la ponctualité de ses livraisons. En réalité, il ne pouvait pas vivre de ces commandes, mais il n'en avait aucun besoin non plus, car il recevait un pécule mensuel de son oncle, qui possédait une fabrique de meubles à Bad Zwischenahn dans laquelle on fabriquait des canapés-lits de construction simple et bon marché, pour lesquels on continuait à trouver des acheteurs.

Jonathan habitait l'arrière-chambre de l'appartement, avec vue sur le canal Isebek ; Ulla, son amie, habitait à l'avant, côté rue. La porte coulissante qui reliait ou séparait les deux grandes pièces, selon l'idée qu'on s'en faisait, était barrée côté Jonathan par un canapé en cuir abîmé, côté Ulla par une bibliothèque et une chaîne stéréo d'où émanaient, en particulier le soir, des harmonies familières auxquelles la jeune femme tenait beaucoup : le *Concerto pour piano en mi bémol majeur* ou la *Symphonie de Prague*, encore et encore, et le loupé du cor, toujours au même moment. Au-dessus de son sofa Biedermeier étaient accrochées des esquisses au crayon encadrées d'or et, surplombant la table basse, une lampe française à abat-jour en verre orange diffusait un éclat douillet.

Jonathan ne possédait ni chaîne stéréo ni coin repas. Le grand canapé de cuir, sur l'assise duquel une déchirure laissait s'échapper une touffe de crin, était l'essentiel de son mobilier. C'est là qu'il dormait, c'est là qu'il sirotait son yaourt, là qu'il lisait les ouvrages de vulgarisation dans les disciplines les plus diverses afin de garder une vue d'ensemble, même s'il ne savait pas vraiment sur quoi. Sur une table de cuisine blanche, devant le canapé, se trouvait une machine à écrire à barres au capot ouvert et dont le « e » ne fonctionnait pas. À côté, des journaux, des livres et une soucoupe contenant des allumettes, des bouchons d'oreilles Ohropax et des chaussettes usagées. Du plafond, sortant d'une couronne en stuc empoussiérée, pendait une ampoule sans abat-jour, elle diffusait une lumière suffisante.

Le parquet de sa chambre était couvert de stragula. Johann avait voulu arracher ce revêtement de sol à motifs abstraits, estimant que le parquet ne pouvait pas respirer en dessous ; une bonne partie du revêtement l'avait déjà senti passer, mais l'amie de Jonathan avait fini par constater que le motif du stragula était un travail intéressant du début des années 1930, Vladimir Kolaschevski, et méritait donc d'être conservé ! Depuis, sa chambre avait un air franchement provisoire avec son revêtement de sol en loques, on aurait dit qu'il n'avait pas pu payer les artisans. De temps en temps, en se rongeant les ongles, Jonathan contemplait les motifs de son stragula. Dans son imagination, il représentait une carte géographique avec des routes, des fleuves et des villes, et servait de prétexte à de longs jeux de réflexion. Dommage que le morceau arraché ait été jeté, on aurait pu l'encadrer et l'accrocher au mur.

Au lieu de cela, on y avait suspendu une toile de Botero, un enfant obèse peint en couleurs ternes. Jonathan l'avait achetée dans les années 1960 et réglée par traites de cent marks. De temps en temps, le marchand qui la lui avait vendue lui demandait s'il en avait encore besoin. S'il ne voulait pas s'en débarrasser.

Le long du mur, on avait empilé sur le plancher collant des livres pêle-mêle, la documentation d'un travail d'assez grande ampleur sur le gothique en brique nordique : une entreprise qu'il avait un peu perdue de vue. Le magazine pour lequel il voulait l'écrire n'avait manifesté qu'un intérêt réservé. C'était un journal du sud de l'Allemagne dont les rédacteurs étaient incapables de faire la différence entre Stralsund et Wismar*[1]. Les photos de ces gigantesques édifices lourdauds avaient en soi quelque chose de repoussant : Kolberg, le toit en croupe disjoint et, de surcroît, en ruine ?

Une armoire pleine de vestes fripées côtoyait un coin toilette improbable, séparé de la chambre par un rideau de plastique qui coulissait sur un tube ténu. Quand Jonathan se lavait les mains au lavabo encroûté de calcaire, il pouvait regarder par la fenêtre et son regard tombait alors sur un saule pleureur dont les branches pendaient dans l'eau trouble du canal Isebek. Il n'y avait pas de cygnes en dessous, mais, tout de même, des canards.

* Les notes du traducteur sont regroupées en fin de volume.

Le reste des chambres de l'appartement était la propriété d'une générale. Elle venait de l'Est et s'extrayait rarement des cryptes obscures où elle vivait accompagnée par les souvenirs d'époques révolues depuis des lustres. De temps en temps, on entendait une toux grasse dont elle se libérait dans l'évier de la cuisine.

L'amie de Jonathan s'appelait, de tout son nom, Ulla Bakkre de Vaera. Quoique brune, elle venait de Suède et portait volontiers une longue robe en tricot zébrée de toutes les couleurs sous une veste d'homme en laine peignée, usée jusqu'à en reluire, dans le gousset de laquelle elle glissait une montre de travail en argent. Ulla avait un joli visage rond sur lequel les années n'avaient pas encore laissé leurs traces, aimable au premier regard, ferme au deuxième. Tout son chagrin lui venait de la grande canine gauche qu'on avait dévitalisée des années plus tôt et qui, désormais, s'assombrissait et dessinait une tache sur ses traits de jeune fille. Le matin, face au miroir, elle l'observait, cette noirceur. Elle éprouvait alors un instant de tristesse. L'arracher ? Ou la recouvrir d'une couronne ? Telle était la question qui se posait depuis des années…

Ulla Bakkre de Vaera possédait une bague fine, un camée élimé qu'elle tenait de son père, taillé dans une pierre couleur caramel. L'anneau remontait au IIe siècle avant notre ère, comme on l'affirmait depuis des générations, et aurait normalement dû revenir à une lignée secondaire de la famille. C'est à cette bague qu'elle devait son emploi à temps partiel au musée municipal des Beaux-Arts. Elle étudiait en effet l'histoire de l'art, et finançait sa formation de sa poche. Bien que le directeur du musée eût disposé d'une lettre de son père avec laquelle tout aurait dû aller comme sur des roulettes, M. Kranstöver avait d'abord voulu rejeter sa candidature en la voyant telle qu'elle était, assise dans son bureau – trop jolie d'une idée ? – mais son regard était ensuite tombé sur la bague, et c'est ce qui avait emporté la décision. Ulla avait obtenu le poste. Elle pouvait donc guider les invités étrangers, rédiger des catalogues, mais aussi rester discrètement dans un coin au vernissage des expositions, en hochant la tête pour exprimer sa reconnaissance au directeur. Un jour ou l'autre, on pouvait s'y attendre, il irait prendre un repas avec elle.

Elle avait aussi pu aider à concevoir un coin enfants à l'intérieur du musée, avec des objets à manipuler, des tapis en relief et un toboggan identique à ceux qu'on voyait autrefois chez les marchands de chaussures. Les adolescents étaient autorisés à dessiner sur les murs de cet espace avec des craies de couleur, des œuvres qui ne pouvaient hélas pas être envoyées au dépôt, car les femmes de ménage les effaçaient le lendemain matin en soupirant.

Pour l'instant, Ulla préparait une exposition sur la cruauté dans les beaux-arts. On trouvait donc sur les étagères de sa bibliothèque des livres pleins d'illustrations de toutes les espèces possibles de tortures pratiquées par l'Inquisition, d'autres représentations remontant à la guerre de Trente Ans – et, bien entendu, Goya était de la partie avec ses esquisses espagnoles. Elle y avait aussi casé son fichier thématique, de A (Arrachage de dents) à V (Vierge de fer). Une collection de cruautés qui ne laissait de côté aucun aspect de l'esprit infernal des hommes. Les illustrations médiévales n'étaient pas les seules à assouvir son intérêt, les quotidiens la fournissaient eux aussi en images : policiers en cuirasse moderne, victimes ensanglantées du terrorisme, Noirs courant, un pneu enflammé autour du cou, en Afrique du Sud. Les Noirs méritaient qu'on y jette un coup d'œil, car on pouvait s'attendre à une objectivation artistique de ce type de lynchage.

Toutes ces images terrifiantes, qu'elle ne rangeait jamais lorsque Jonathan entrait dans la pièce, n'impressionnaient pas Ulla le moins du monde, elle les considérait sous leur aspect formel, comme elle avait appris à le faire pendant ses études – les diagonales, par exemple, qui reliaient les martyres les plus extrêmes aux choses sacrées, ou bien les accentuations nées de la lumière et les ombres, que l'artiste avait réalisées d'une manière à peine visible afin que celui qui regarderait son œuvre puisse ensuite facilement en transmettre le contenu.

L'exposition de ces témoignages n'avait pas pour but d'aiguillonner les bas sentiments humains, mais de susciter le dégoût et, au-delà, la volonté énergique de ne plus jamais rien tolérer de pareil dans le monde. Le mal est là pour éveiller le bien, ce qui expliquait pourquoi l'on comptait placer en exergue du catalogue le fameux mot de Méphisto :

> Je suis un fragment de cette force
> Qui toujours veut le mal et toujours crée le bien[2].

2

Par une fraîche matinée d'août 1988, Jonathan passait devant la femme de ménage et montait l'escalier en bondissant. Il avait acheté au marché un sac de petits pains et un bouquet de fleurs. Tout en sautant, trois marches à la fois, il passait l'index de la main gauche sur les cannelures des faïences au motif de nénuphar. Il tenait dans la droite les fleurs et le sac de petits pains. Le bouquet était destiné à son amie, qui fêtait ce jour-là ses vingt-neuf ans. Depuis trois ans, elle le supportait auprès de lui (c'était son expression), bien que c'eût été lui, en réalité, qui avait quelque chose à supporter ici.

Ulla était encore au lit. On allait déjà sur les 10 heures, elle le savait, et Jonathan était allé chercher les petits pains, ça, elle l'avait compris. Si elle était encore au lit, c'est que, ce jour-là, c'était son bon droit. Elle pensait à une maison de poupée qu'elle avait vue dans une rue de Hambourg, le Lehmweg, une maison avec bibliothèque et fumoir, et qu'on pouvait démolir en pressant un bouton ; elle était conçue comme instrument thérapeutique pour les enfants, le but étant qu'ils puissent défouler leur pulsion destructrice. Ulla s'était toujours intéressée aux jouets : les figurines chargées de cartouches fumigènes, les animaux mécaniques qui retroussaient les babines. Qu'on ne trouvât pas de guillotines à vendre pour la célébration de la Révolution française n'était pas non plus dépourvu d'intérêt. Il allait falloir fouiller un peu la question ! Se procurer un engin de ce genre et le proposer au directeur du musée comme « objet » pour une installation.

Jonathan s'activait dans la cuisine ; peu après, Ulla le vit faire irruption dans la sourde atmosphère de sa somnolence. Il fit coulisser le rideau et s'assit au bord de son lit. C'était ici et maintenant qu'il fallait lui souhaiter un bon anniversaire. Jonathan contourna la gêne qui s'attachait à cette petite cérémonie en alignant quelques maladresses qu'il avait apprises par cœur et en cajolant sa compagne, de la main droite, d'une certaine manière – celle dont on ferme les yeux à un mort – tout en installant de la gauche la table de la cuisine et en servant les œufs. Pour allumer les bougies et dresser le bouquet de fleurs, il dut en revanche se lever, ce qui mit un terme à la fête.

Il versa du café dans les tasses et mit les petits pains dans la corbeille. Puis il sortit de son portefeuille son cadeau d'anniversaire, une minuscule eau-forte de Callot sur laquelle était représenté un supplice de la scie. Il lui donna cette feuille grande comme un timbre-poste en l'observant d'un regard perçant : qu'allait-elle dire devant un si beau cadeau ? Et il avait tapé dans le mille ! Ulla dévora des yeux la scène de découpage – « délicieux ! » – et la posa sur le montant du chandelier pour pouvoir revenir et revenir sans cesse à sa contemplation. Puis elle tira son ami contre elle et lui donna des baisers qui ressemblaient à de petites pièces de monnaie enflammées, tout en tenant sa tête entre ses deux mains.

Lorsqu'il eut recouvré la liberté, il sortit le courrier de la poche de sa veste et le tria : cinq lettres étaient adressées à la jeune femme pour son anniversaire, deux lui étaient destinées à lui. Elle s'assit, étala du miel sur un petit pain et lut les courriers où l'on pouvait lire ce qu'on imagine.

Jonathan, lui aussi, attrapa du bout des doigts ses deux missives. La première était envoyée par les établissements automobiles Santubara à Mutzbach, c'était manifestement une publicité ; l'autre provenait de son oncle Edwin, à Bad Zwischenahn. Elle contenait un chèque de deux cents marks et la proposition de s'en servir pour entamer ce jour-là quelque chose de sensé.

« Prenez du bon temps, écrivait l'oncle, profitez de la belle vie. »

Des sentiments confus empêchèrent Jonathan de montrer le chèque à son amie, qui était puissamment absorbée par son propre courrier. Il le laissa dans l'enveloppe qu'il remit dans sa poche en vitesse.

Alors qu'Ulla était issue d'une famille bien ordonnée, avec compte d'épargne et galerie des ancêtres en cadres dorés, Jonathan était né en février 1945 en Prusse-Orientale, sur une charrette, sous un vent polaire et une pluie drue mêlée de glace. La jeune mère « y était restée », selon les mots de Jonathan.

« Je n'ai pas connu mes parents, disait-il le plus souvent d'un ton indifférent, mon père a passé l'arme à gauche sur la presqu'île de la Vistule et ma mère y est restée à ma naissance, en Prusse-Orientale, 1945 », ce qui lui assurait auprès de ses amis un avantage que rien ne pouvait rattraper en termes de souffrance.

C'est son oncle qui conduisait la charrette pourvue d'un toit en tapis, en ce temps-là, par ce froid mois de février, lorsque le malheur était arrivé, la voiture portant la parturiente qui se roulait d'un flanc sur l'autre dans la paille. Il avait vainement frappé aux portes des fermes quand les douleurs avaient commencé, et c'est ainsi qu'elle était morte peu après.

Le cadavre avait été déposé dans le narthex d'une église de village, à côté de la caisse contenant les numéros en bois des livres de cantiques, rapidement, sans formalité, et l'on avait repris la route. Il se trouva qu'une vigoureuse paysanne qui avait perdu son propre enfant accepta d'allaiter Jonathan en échange d'une place sur la charrette. Cela aussi, Jonathan se le représentait : la lourde femme assise sur la charrette et lui suspendu à son grand sein, et cette image recoupait à peu près la réalité.

C'est la Terre-Mère qui m'a allaité, se disait-il de temps en temps, puis il s'étirait et sentait une force nouvelle battre dans ses artères.

Ce jour-là, donc, oncle Edwin lui avait envoyé deux cents marks – il faut dire qu'on s'arrachait le nouveau canapé-lit Avanti.

« Offrez-vous quelque chose de sensé » ? Ça allait pouvoir se faire.

Pendant ce temps, Ulla avait elle aussi lu son courrier : la mère tyrannique, le père mou, le frère psychologue à Berlin et puis la petite Ève, la filleule, dont la lettre de vœux – « Comment vas-tu, moi je vais bien » – était rédigée d'une écriture maladroite et ornée de coccinelles.

Elle sortit du lit et rejoignit la bibliothèque, dans laquelle se trouvait le cadeau qu'elle s'était fait à elle-même, un vase des années 1950, danois, qu'ils contemplèrent tous deux avec joie. On le tint à la lumière, on le tourna plusieurs fois et on le qualifia de « hideux », puis, lorsque c'en fut assez, on le posa sur le rebord de la fenêtre où se trouvaient déjà d'autres horreurs qu'on avait eues pour une bouchée de pain, mais qui revêtiraient une certaine valeur, à supposer qu'on les y laissât encore plantées pendant quelques années.

Jonathan eut droit à une nouvelle embrassade, puis on lui expliqua que la petite eau-forte de Callot était « exactement ce qui convenait » et on le congédia. Il passa donc dans l'autre pièce, ce qu'il fit de bon cœur car l'heureuse impétrante dans une nouvelle année commençait à passer des coups de téléphone et que ces dialogues tronqués ne l'intéressaient pas beaucoup.

Jonathan s'assit sur son canapé. Il souffla des moutons de poussière qui traînaient sur la table et « se coinça les yeux » : la fenêtre claire en face de lui et, contre le mur blanc et crasseux, l'enfant gras.

Il bâilla et son regard nagea sur la géographie fantastique du stragula qui restait au sol ; il vit l'isthme de Corinthe, cette percée terrifiante à travers la roche, il vit un petit navire et les parois abruptes à gauche et à droite.

L'eau coule, songea-t-il, et le navire descendit le canal en accéléré, comme s'il avait été aspiré par un siphon.

Il se reprit et lut la lettre des établissements Santubara ; il s'avéra que ce n'était pas du tout une publicité, mais une offre à prendre au sérieux.

On admirait depuis un certain temps sa plume incorruptible, écrivait un certain M. Wendland, du service de presse de l'usine automobile : Jonathan ne serait-il pas d'envie et d'humeur à faire un saut en Prusse-Orientale ? En Mazurie, plus précisément, c'est-à-dire dans les frontières actuelles de la Pologne ? Toute l'affaire était là : les usines Santubara voulaient entreprendre avec des journalistes spécialisés dans l'automobile une tournée de tests afin qu'ils puissent enfin se persuader de la qualité extraordinaire de leurs tout nouveaux huit-cylindres. Un périple de ce genre devait naturellement être bien préparé : accepterait-il d'y contribuer ? Il pouvait accompagner cet essai itinérant et fouiner dans le domaine culturel pour regarder s'il n'y avait pas tel ou tel site à visiter dans la région, des manoirs, peut-être, des églises ou des châteaux forts donc l'existence et l'histoire pourraient donner un peu de piquant à une tournée de ce type. Et puis écrire sur tout cela un texte sensible, disons d'une douzaine de pages dactylographiées – « La Mazurie aujourd'hui » –, qui serait en mesure de persuader les journalistes qu'il peut être intéressant de se promener dans cette région désertique et, à l'occasion, de tester les nouveaux huit-cylindres. Il avait carte blanche sur tous les plans, et l'on pouvait lui offrir cinq mille marks, plus les frais. Le trajet et l'hébergement étaient bien entendu défrayés, cinq mille, donc, plus les charges, et c'était encore négociable.

Mazurie ? Pologne ? La première réaction de Jonathan fut de refuser. Si ç'avait été une promenade en Espagne, ou en Suède, encore… Mais la Pologne ?

Non.

À moins que ? Cinq mille marks ? Et négociables, en plus ?

Jonathan se plongea dans l'*Atlas mondial JRO 1961* qu'il continuait à utiliser puisqu'il l'avait chez lui, et ouvrit la carte « Territoires de l'est de l'Allemagne sous administration étrangère ». Un sacré beau morceau, cette Prusse-Orientale... Qu'elle était singulière et contre nature, cette ligne tracée à la règle de part en part. Le genre de choses qu'on voyait à la rigueur en Afrique coloniale ou dans l'Antarctique ! Mais au cœur de l'Europe ? Jonathan ne pouvait pas s'empêcher de penser à ces coupes qu'on ouvrait au scalpel, en anatomie, dans un corps de femme nu et blanc.

La presqu'île de la Vistule, là où son père avait passé l'arme à gauche, et l'isthme de Courlande… Des images d'anciens livres de géographie lui revinrent : des dunes mobiles, des élans. Un pêcheur qui tisse un filet, assis sur son canot retourné. Les mines d'ambre à ciel ouvert.

> Mais la peste une nuit est venue
> Portée par les élans nageant dans l'eau du port[3].

Jonathan chercha la localité de Rosenau, son doigt suivait le tracé de la route. C'est ici que cela s'était produit : ici qu'il avait vu la lumière du jour et privé sa mère de vie. C'est là, dans l'église de ce village, qu'on l'avait allongée avant de l'enterrer au cimetière, peut-être contre le mur, sous un buisson de cytise, la jeune femme. Il ne restait plus qu'une seule photo d'elle, aux Jeux olympiques de 1936, elle avait survécu à la fuite : une jeune fille en uniforme de la Ligue des jeunes filles allemandes, le béret basque de biais au-dessus de l'oreille. Jonathan l'avait attachée au mur avec une punaise. La dernière photo de son père, jeune lieutenant de la Wehrmacht, casquette de service en version de campagne, était rangée dans un classeur où l'on trouvait aussi l'acte de naissance de Jonathan ainsi que la police d'assurance de son vélo.

On commencerait la tournée par Danzig, annonçait la lettre des établissements Santubara. On s'y rendrait par avion depuis Hambourg, et la voiture avec laquelle on ferait le trajet les attendrait à l'aéroport. Une fois sur place, il pourrait prendre ses notes tranquillement.

Danzig ? songea Jonathan. Danzig lui serait bien utile pour son essai sur l'architecture en brique gothique : *Les Géants du Nord*. L'église Sainte-Marie était l'un de ces géants nordiques qui manquaient encore à sa collection. Lübeck, Wismar, Stralsund : il les avait vues, ces villes-là, avec leurs colosses médiévaux, tout était beau et bon, mais il n'avait pas de vision concrète qui lui permît de décrire Danzig dans un essai, cela allait lui compliquer la tâche.

S'il acceptait la mission, il ferait d'une pierre deux coups, et mettrait en marche le cercle vertueux bien connu : gagner de l'argent et acquérir ainsi des connaissances qu'il pourrait de nouveau transformer en argent.

Jonathan se lava les mains comme un chirurgien, tout en regardant par la fenêtre. De l'autre côté, au-delà du canal Isebek, essaimait une classe d'écoliers qu'une institutrice tentait anxieusement de garder groupés : « N'allez pas tomber là-dedans ! », et dans le ciel passait un gigantesque avion à l'approche vers Fuhlsbüttel.

Je suis ici, à Hambourg, et je m'en sors plutôt bien, se dit Jonathan. Qu'est-ce que j'ai à voir avec la Prusse-Orientale ? Alors lui vint à l'esprit une image puissante, l'oncle Edwin entrant dans l'église avec la femme morte – qu'en faire ? – et la posant sur les marches. Le drapé de la robe blanche, ensanglantée.

3

À 15 heures, Ulla passa prendre son ami pour faire une promenade : « Il faut que tu aères un coup, ici... » dit-elle, puis elle passa derrière lui et retourna les feuilles qui se trouvaient sur sa table afin de voir quelles stupidités il avait écrites. Un utérus ? La nef de l'église rappelle un utérus ? Alors là, c'était vraiment la dernière chose... Elle portait des pantalons à la turque et un gilet d'homme ouvert sur son corsage.

Il ne manque plus qu'un turban, se dit Jonathan en la voyant ainsi. Lui-même avait enfilé une chemise en flanelle non repassée, sous un costume à motif Tula, le tout assorti d'un nœud papillon noir. Il s'était sérieusement demandé, pendant un moment, s'il ne devait pas mettre son chapeau de paille, celui dont ses amis diraient : « Mais qu'est-ce qu'il te va bien ! »

Il ne se passait encore rien sur la rive de l'Elbe à cette heure-là. Des adolescents se promenaient à vélo, des jeunes gens qui faisaient partie du décor et des enfants dont la mère n'avait pas été déposée dans une église à l'état de cadavre. Un petit monsieur jouait au bord de l'eau avec son chien. Il envoyait l'animal ingénu chercher le bâton dans ce bouillon au cadmium. Assis sur le banc, des clochards chantaient :

> Ô toi beau Westerwald...
> Sur tes hauteurs le vent siffle, si froid,

Mais le moindre rayon de soleil
Pénètre jusqu'au fond du cœur[4]...

Il y avait aussi parmi les clochards une femme qui ressemblait à une aborigène australienne. Elle tenait à la main une boîte de nourriture pour chien, elle en avait sorti un morceau de viande du bout de deux doigts et faisait mine de se le glisser dans la bouche.

On entendait au loin le hurlement des sirènes de police, et les mugissements scandés d'une manifestation démocratique, qui rappelaient ceux d'un match de football. La grande ville ! Tout était à sa place : on manifestait, on écoutait, on observait. Même le bris de vitrines a sa tradition.

Ils marchaient tous les deux sur la plage d'Övelgönne, devant ce qu'on appelait les maisons des capitaines, celles que des marins à la retraite s'étaient fait construire au début du siècle avec leurs économies parce qu'ils ne pouvaient plus se passer de la mer. À présent, les petites maisons étaient assiégées par les promoteurs immobiliers parce qu'elles valaient des millions, ces minuscules chaumières avec leur jardinet sur rue, leurs hangars à bateau, leurs tonnelles et leurs mâts de fanions. Aux fenêtres, on voyait des silhouettes de chats anglais stylisées, des navires en bouteille et de gigantesques coquillages achetés au marché aux poissons. Certains riverains souhaitaient manifestement faire des proclamations aux passants : « Nucléaire, non merci ! » lisait-on sur un bout de carton posé contre un nain de jardin. Et au-dessus de tout cela flottait l'odeur de la nourriture : filet de poisson et soupe à la choucroute.

On ne voyait pas de bateaux sur l'Elbe, ils étaient sortis avant même le lever du jour. Passer le week-end amarré au port, personne aujourd'hui ne peut plus se le permettre.

Les navires, eux aussi, ont quelque chose de maternel, se disait Jonathan, cette manière de se charger et de se vider... et il s'imagina allongé dans une caisse, blotti dans la paille, tandis qu'une grue le faisait descendre dans la cale. Cette idée lui était agréable.

On ne peut pas vraiment dire qu'ils se soient bien amusés, tous les deux. La nécessité d'être gentils l'un avec l'autre ce jour-là provoqua des maladresses mutuelles : « À l'époque, tu affirmais que… » disait-on, ou alors : « Tu ne peux pas parler d'autre chose, pour une fois ? Tu n'as toujours pas capté que ça me tape sur les nerfs ? »

Par ailleurs, l'habitude qu'avait Ulla de marcher certes au même pas que Jonathan, mais toujours un mètre devant lui, était cause d'embarras divers. Et partout des crottes de chien, dont on s'étonnait de ne pas encore avoir marché dedans, mais parfois si, tout de même.

Jonathan se demanda s'il devait parler à sa compagne de l'invitation en Prusse-Orientale. Il l'avait déjà sur les lèvres… Mieux vaut s'en passer et attendre, se dit-il – elle se remettrait sûrement à être jalouse si elle l'apprenait. Courir, rayonnant, vers sa chère et tendre, la lettre à la main – voilà comment il imaginait la vie avec une compagne. Mais entre eux deux, ça ne se passait pas comme ça. Dommage ! Chaque fois, Ulla Bakkre de Vaera se laissait emporter par la haine.

Ulla aussi était préoccupée : on avait livré un grand bouquet de fleurs, un peu trop volumineux pour qu'il ait été commandé par son patron. Elle aussi aurait dû courir vers son cher et tendre en s'écriant : « Tu te rends compte, le vieux m'a envoyé des fleurs ! » Mais elle ne l'avait pas fait, et à présent il était un peu trop tard.

Ils allaient se prendre mutuellement pour cible lorsqu'ils virent une enseigne sur l'une des petites maisons : GALERIE DE L'ELBE. Un artiste s'était donc installé ici, il fallait lui faire une visite.

Ils sonnèrent et l'épouse de l'artiste leur ouvrit, elle avait au visage des bleus et des égratignures que lui avait manifestement causés son mari indigné par ses propres échecs. En raison des frustrations auxquelles elle était exposée dans son couple, la pauvre femme avait décidé d'être aimable.

Jonathan remit deux marks à la dame, qui fit presque une révérence, puis ils entrèrent d'un œil investigateur dans la maison basse et regardèrent les peintures que l'on avait accrochées dans le séjour et qui, toutes, évoquaient la nature : des arbres à la sombre silhouette menacés par des lianes. Par souci de divertissement, l'artiste avait fait verser leurs branchages tantôt sur la droite, tantôt sur la gauche, et les avait de surcroît pourvus de traits humains, peut-être par besoin de donner du sens à ses études d'après nature – elles étaient passablement épouvantables.

Le peintre avait sans doute entendu beaucoup d'opinions désagréables sur ses tableaux, en tout cas il était bougon lorsqu'il arriva de l'arrière en traînant la savate, quittant la cuisine où une soupière était posée sur la table ; bougon, oui, et même, d'une certaine manière, suspicieux. Il aurait volontiers fait une grande scène et tout réduit en miettes à la hache, mais on pouvait toujours trouver le moyen de le faire.

Les deux visiteurs passèrent devant les tableaux de souches d'arbres proprement peints et proprement encadrés, d'abord lentement, puis de plus en plus vite – deux mille cinq cents marks, c'est tout de même une sacrée somme – et eurent bien du mal à se concentrer sur les explications de l'homme, qui avait voulu créer avec ses images d'arbres une variante du dicton « Jamais pour t'amuser ne tourmente un animal » : les arbres, eux aussi, sont des créatures vivantes dotées d'une âme et de nerfs qui ressentent la douleur, par exemple quand on grave un cœur dans leur écorce, des créatures vivantes dotées – pourquoi pas ? – d'une âme, et nous, nous les coupons à coups de hache ! Les arbres peuvent crier !

Ulla était un peu plus patiente que son ami. Elle écouta l'homme avec bonne volonté, peut-être aussi parce que la vitre qui protégeait les tableaux lui permettait de s'y observer. Elle ouvrit la bouche et regarda son petit défaut, sa dent dévitalisée.

Pendant ce temps, dans une salle voisine qu'on appelait « le musée », Jonathan découvrait une collection d'objets ramassés sur la grève, et tandis que l'artiste expliquait à son amie qu'en Amérique du Sud ce sont un million d'arbres que l'on coupe chaque jour, pendant qu'il lui demandait combien, à son avis, on exigeait de loyer pour la cabane dans laquelle il vivait ici, et si elle connaissait le prix d'un seul tube de bleu cobalt, Jonathan faisait le tour du musée des éclats de porcelaine ramassés sur les rives, anses de tasses polies par l'eau, morceaux de bois lessivés, une vieille chaussure : des restes de vie humaine qui lui inspirèrent un enthousiasme sautillant et humide, sur quoi il fit signe à son amie de le rejoindre… Quelles reliques de civilisation l'humanité pourrait-elle bien trouver et exposer d'ici mille ans ? demanda Jonathan en contemplant, les yeux étincelants, cette petite compagnie. Il ajouta qu'il se faisait lui-même aussi un peu l'effet d'un objet ramassé sur la plage… Et il utilisa pleinement l'avance émotionnelle qu'il avait prise : son père avait passé l'arme à gauche sur la presqu'île de la Vistule, sa mère y était restée à sa naissance. Le convoi de charrettes, le vent glacial, etc.

Cela intéressa le responsable de la galerie, et il proposa une chaise aux deux jeunes. Où cela s'était-il passé exactement ? demanda-t-il. C'est que lui aussi était de là-bas, lui aussi avait fait partie du convoi de charrettes, à sept ans, en février 45. Il se rappelait encore fort bien qu'ils avaient trouvé dans une ferme un pot à lait plein de saindoux. Il n'avait, de toute sa vie, jamais plus savouré un aussi bon saindoux !

Jonathan savait qu'à présent le peintre allait fendre l'armure et déployer tout le charme d'un homme d'ordinaire pétrifié… Il n'avait aucune envie d'écouter les choses épouvantables dont on allait parler. Les chaînes et les liens, il en avait plein le dos. Tandis qu'Ulla s'asseyait pour s'imprégner de ces objets sans être dérangée, lui regardait, sur une table, un portfolio plein de dessins à l'encre de Chine. Ils étaient l'œuvre d'une classe d'écoliers auxquels un instituteur avait sans doute demandé de travailler sur le thème de la « protection de l'environnement », puis il avait déposé le tout ici, va savoir si ça n'est pas de l'art… Et l'argent qu'on verserait pour les acheter serait reversé à Greenpeace. « Un bon cadeau pour tous ! » lisait-on sur la couverture du dossier. Jonathan regardait les feuilles, réjoui par l'originalité avec laquelle les enfants avaient abordé le sujet. « Un bon cadeau pour tous » – quelle idée !

Mais d'un autre côté, c'était vraiment très drôle : des cow-boys qui buvaient de l'arsenic au goulot et explosaient par le bas, des vaches qui enflaient par-devant pour se transformer en monstres éléphantesques et s'achevaient à l'arrière dans une flaque de mucus vert… C'était à la fois amusant et effroyable. Et original ! Il appela son amie : une telle inventivité ne lui coupait-elle pas le souffle, à elle aussi ?

« Tant que la jeunesse fait preuve d'autant d'imagination, nous n'avons pas à nous inquiéter pour l'avenir », dit-il, et il attira l'attention d'Ulla sur le fait que ces dessins d'enfants avaient aussi un rapport avec le sujet : la cruauté par irréflexion !

Le « trait » et la composition des images l'exaltèrent finalement au point qu'il acheta l'une de ces feuilles, moyennant vingt-cinq marks. Avec l'argent, Greenpeace pourrait enfin s'offrir des stylos à bille dignes de ce nom.

Après s'être persuadés qu'il n'existait plus d'autre département à visiter dans cette maison ni, pourquoi pas, de machines infernales dissimulées dans la cave, ils lancèrent au couple d'artistes : « *So long !* » Ils estimèrent que cette heure passée ensemble avait fait d'eux quelque chose comme des amis, le créateur resta longtemps au seuil de sa porte, regardant de l'autre côté, vers le chantier naval qui débordait encore, quelques mois plus tôt, d'éclairs et de tonnerre, mais qui était désormais à l'arrêt. Une hausse des salaires de huit pour cent ? Ça les avait achevés.

Ils s'installèrent tous les deux au café La Vue sur l'Elbe et mangèrent de la tarte aux framboises avec de la crème fouettée. La tarte sortait d'un réfrigérateur, elle était glacée, la crème était aqueuse, le café clair, et dans les haut-parleurs un chanteur populaire braillait une histoire de livreur d'œufs qui s'en va toujours avec les œufs.

Le patron allemand du café que Jonathan fit appeler pour se plaindre n'était pas un patron, mais un employé surmené auprès duquel un étranger en Mercedes venait ramasser la caisse tous les soirs. Dans la salle qui se remplissait, il n'avait aucune envie de discuter avec Jonathan du thème de « l'hospitalité ». Il lui conseilla simplement d'aller ailleurs si ça ne lui plaisait pas.

« Il y a suffisamment de gens ici à qui ça plaît. »

Ulla prit parti en faveur de cet homme. Jonathan avait-il la moindre idée du travail de chien qu'accomplissait un serveur de bar ? Toute la journée sur ses jambes, à se faire alpaguer toutes les cinq minutes ?

Jonathan estima pour sa part que l'effort était probablement beaucoup plus pénible devant un convertisseur Bessemer que dans un bar pour promeneurs où le soleil brillait et où les oiseaux gazouillaient. S'il avait à choisir entre apporter des limonades à des petites filles dans un bar à touristes et être exposé huit heures par jour à une fournaise de soixante-dix degrés, il préférait encore se balader avec un plateau.

Alors que Jonathan et Ulla se disputaient encore, la promenade s'était peuplée de gens de tous âges qui tenaient à ce qu'on les trouve robustes. Ils se baladaient de la plage d'Övelgönne au quartier Blankenese ou l'inverse, formant des bandes d'artisans et de commerçants qui s'étaient échappés de la ville en voiture. Il y avait aussi des manifestants dans le lot, le cortège s'était dispersé à 15 h 30, ils portaient leurs banderoles réutilisables pliées sous le bras, des gens honorables qui s'achetaient une conscience sur la pollution de l'atmosphère, eux aussi venaient profiter de la nature ici, au bord de l'Elbe, même si les peintres n'avaient plus aucun besoin de bleu cobalt s'ils voulaient peindre l'eau du fleuve. Et puis, de l'autre côté, les chantiers navals désaffectés ? C'était typique, une fois de plus ! On pourrait en faire un centre culturel, avec un théâtre de poche, des cours de découverte de soi et des ateliers de loisirs. Et les samedis, des concerts de rock auxquels assisteraient sûrement des milliers de spectateurs. Vous pariez que tout ça va être rasé ? Comme si l'Allemagne n'avait pas déjà vu suffisamment de ruines…

« Regarde-moi celui-là ! » dit Jonathan en désignant un homme en tenue de manifestant qui portait sur son dos un enfant en bas âge coiffé d'une casquette de communard. « Tu imagines les souvenirs de la petite enfance qui vont lui revenir à cinquante ans chez le psychiatre ! »

Ulla aussi découvrit des bizarreries. Elle appelait ça « mener ses études », et lorsqu'elle s'y livrait, ils régressaient un peu intérieurement, tous les deux, l'histoire de la Mazurie, le chèque et le bouquet de fleurs revenaient par à-coups, mais on pouvait tout de même encore leur faire obstacle.

Sur l'Elbe indifférente, des voitures amphibies faisaient la course, c'était la distraction du week-end, et les bricolages étaient des plus variés ! À la poupe et à la proue floconnait une écume savonneuse. La diversité de ces véhicules était immense. Les conducteurs se faisaient signe les uns aux autres : jamais, sans doute, autant de voitures amphibies n'avaient caboté ici, à Hambourg, sur l'Elbe, on voyait même des Hollandais avec leur beau drapeau national et des Danois avec le Dannebrog. La télévision était venue, elle aussi, elle fonçait à l'avant sur deux barcasses qui crachaient de la fumée bleue : on aurait peut-être la chance d'avoir un accident qui ferait, espérait-on, un bon paquet de morts.

La raison de cette manifestation sportive frénétique dont à peu près tout le monde se réjouissait était un grand navire de guerre gris qui remontait lentement l'Elbe. On entendait, de loin, de la musique militaire diffusée dans un bruit de ferraille par les haut-parleurs d'un local d'accueil, manière de souhaiter la bienvenue à ce prodige de la technologie. Il s'agissait d'un « navire de guerre de la paix » qui, au nom de l'amitié entre les peuples, comptait jeter l'ancre dans notre ville hanséatique à laquelle les Anglo-Américains avaient fait subir une destruction criminelle et que nos idiots de l'économie comptaient bien entendu reconstruire de manière lamentable. Les canons situés à l'avant et à l'arrière étaient orientés vers le ciel et les grandes sphères des radars décrivaient avec les minces tubes des canons un contraste formel qu'on ne pouvait certes pas qualifier de beau parce que l'esprit qui se trouvait derrière cette technique était diabolique, mais dont la qualité esthétique impressionna tout de même Ulla et Jonathan.

« Ce bateau est bourré d'électronique jusqu'à la gueule », dit Jonathan. Et Ulla se demanda si de jeunes dames faciles se tenaient prêtes à satisfaire les besoins des marins ; elle songea à ces pantalons pour matelots, qui s'ouvraient à l'avant comme une trappe.

Sur le pont, l'équipage tout de blanc vêtu se disposa en formation, des fanions s'élevèrent sur les cordages et on lança bizarrement des ordres en soufflant dans des sifflets spéciaux. Les clochards et clochardes levèrent leurs bouteilles et les amateurs de sport en voitures amphibies s'alignèrent. Lorsqu'ils eurent rejoint le monstre gris, ils firent un demi-tour élégant et escortèrent le message de paix, reconstituant la scène qu'ils avaient vue sur des photos anciennes, celles du jour où le *Queen Elizabeth* était entré dans le port de New York. On voyait parmi eux une Volkswagen amphibie qui avait déjà navigué sur le Dniepr et le Don. Chacune de ses pièces avait déjà été changée, mais le tout restait un prototype.

Écoute ! N'entendait-on pas même retentir les clochers ? L'Église s'était-elle immiscée dans cette fête de la paix ? Le pastorat progressiste de la Hanse, qui avait déjà défié plus d'un canon à eau ? Avec la croix et en robe pastorale ? Mais non, ce n'était pas une sonnerie spéciale pour la paix, c'était sans doute simplement lié à une quelconque cérémonie religieuse.

Sans doute un mariage, se dit Jonathan, et il imagina que l'on porterait devant les jeunes mariés les embryons avortés, dans de petits cercueils de verre, posés sur un nid de coton et ornés de fleurs – à la gloire de l'humanité qui se débarrasse sans objection, par voie médicale, de la surpopulation terrestre.

Il glissa le dessin d'enfant « Beau cadeau pour tous » dans une corbeille en plastique sur laquelle figurait en sept langues le slogan :

« Respectez l'environnement ! » Il n'avait aucune envie de porter ce rouleau à travers ce quartier à la manière d'un bâton de maréchal.

Ce fut indubitablement un spectacle somptueux, ce doux navire géant qui glissa devant tous ces gens rassemblés devant la promenade, et ceux qui, en haut, sur l'Elbchaussee, étaient assis devant les baies vitrées de leur maison ou dans les cafés, éprouvaient le même sentiment. Mais dans l'eau, le souffle lourd, les poissons luttaient contre leurs métastases.

Alors arriva à toute vitesse, de l'autre rive, une sorte de flottille pirate, de petits canots gonflables équipés de moteurs hors-bord. Les gens en combinaison orange qui se trouvaient dedans avaient tout préparé, ils tenaient à la main des fanions de corsaire verts et les agitaient : « Tant que nous serons en vie, nous ne tolérerons pas de navire de guerre dans ces eaux ! Ni ceux-ci, ni ceux-là ! » Une bataille navale s'engagea entre les canots et les voitures amphibies, on aurait dit les joutes de pêcheurs sur le lac de Constance. Il était manifeste que les amateurs de sport en véhicules amphibies avaient le dessous. Une vedette de la police arriva comme un coup de balai et cette mêlée circulaire rythmée de coups de klaxon se dirigea lentement vers le port jusqu'à ce que les spectateurs n'aient plus rien à voir. Seuls les gens de la télévision en eurent encore pour leur argent – on pourrait regarder leurs images une fois revenu à la maison. Et l'on nous dirait aussi ce qu'il fallait penser de cet événement.

4

Le soir, ils allèrent chez le Turc, Ali Baba, c'était le nom du restaurant, et mangèrent du kebab, c'est-à-dire de la viande rôtie de moutons torturés à mort et dont la consistance variait beaucoup sous le palais, tantôt flasque, tantôt croustillante, garnie de fromage de brebis baignant dans l'huile et couvert d'oignons frits. Et, ce n'était pas sans importance, le tout ne coûtait pas grand-chose. On avait une prestation maximale pour une dépense minimale, et ce, avec le service le plus aimable qui fût.

À l'Ali Baba, on les salua avec l'exaltation due aux habitués et on les conduisit dans un coin compartimenté par de grands récipients de laiton reluisant, coin qui leur était réservé et où les attendait Albert Schindeloe, leur ami commun. Schindeloe, un célibataire d'un certain âge, pull-over rouille à col roulé, béret basque sur la tête, était antiquaire. C'est à lui que Jonathan avait acheté le Botero, des années auparavant. Lorsqu'Albert Schindeloe les vit tous les deux, il bondit sur ses jambes et embrassa la main d'Ulla, baptisée au Betrix.

On alluma au briquet la bougie de table, et le serveur turc, un étudiant originaire d'Ankara, fit tout un ramdam autour d'Ulla. Albert Schindeloe l'avait mis au courant : cette jeune beauté fêtait aujourd'hui son entrée dans une année nouvelle, ce qui lui permettait de prétendre à un service privilégié. Le Turc tenta même de l'embrasser, c'était sans doute l'usage du pays, en tout cas Ulla n'osa pas vraiment tourner la tête sur le côté comme elle le faisait en réponse aux approches de Jonathan quand elles arrivaient au mauvais moment.

Albert ne prêta pas plus d'attention que ça à Jonathan, c'était le style en vigueur dans cette amitié à trois, mais le Turc lui serra la main et l'informa qu'il possédait une veste à carreaux exactement semblable à la sienne, elle était accrochée chez lui, dans l'armoire.

Ulla était ravissante, ce soir-là. Des messieurs installés à la table voisine se retournèrent et se demandèrent quel genre de veinard pouvait bien être Jonathan pour se balader avec une femme pareille. Son visage rond et fin à la lueur des bougies, son intellectualité teintée d'étonnement : Où se trouvait-elle, au juste, ici ? Et puis cette petite boîte en argent avec des fleurs ciselées qu'Albert avait déposée devant elle, elle lui était destinée ? Mais pourquoi donc ? Ça n'était pas nécessaire ! Elle se réjouit de ce cadeau – « Du Biedermeier, c'est bien ça ? » –, car sa mère avait eu un coffret très ressemblant dans lequel elle conservait les dents de lait des enfants. Il faudrait aller voir, à la prochaine visite, si elle était encore là.

Jonathan accepta sans brocher les hommages des clients. C'est vrai, ils faisaient bel effet, tous les deux, dans cet environnement, lui avait déjà vu Chagall, à Paris, et Ulla, avec son nom incroyable – mais Jonathan ne put s'empêcher de penser en même temps à l'épingle à nourrice avec laquelle il avait refermé le trou qui s'ouvrait dans la blouse de son amie, sous sa petite veste. Et au sparadrap qu'il avait collé dans ses chaussures pour les empêcher de bâiller…

Une soupe à la tomate gratinée vint bientôt apaiser l'appétit avivé des trois compères : dans ce restaurant, on ne mangeait pas seulement pour pas cher, on était aussi servi rapidement. Cela dit, le fromage faisait des fils de plusieurs mètres. Si nécessaire, on pouvait monter sur la chaise, plaisanta-t-on avec bienveillance.

Une ambiance agréable se répandit, alimentée par celle à laquelle se laissaient aller les clients de la table voisine et par la musique de l'Ali Baba qui sortait discrètement de quatre haut-parleurs, un à chaque coin. Il n'y avait aucune raison de se laisser agacer par elle, il était impossible de juger de sa qualité. Les tableaux accrochés au mur entre des chapelets de verre étaient déjà plus déplaisants : des poulets ligotés, trois hommes à cheval sur un petit âne et un autre qui tenait sa chèvre par les pattes arrière et la faisait avancer devant lui comme une brouette. On n'y voyait pas de photos des Arméniens qu'on avait poussés dans le désert avec femme et enfants pour qu'ils y meurent de soif.

Albert Schindeloe était l'indispensable accompagnateur des deux amis. Son passé opaque et sa situation patrimoniale mystérieuse le rendaient intéressant. Était-il riche comme Crésus, ou à deux doigts de la faillite ? Avait-il été dans la SS ou était-il communiste ? Venait-il de la Thuringe ou des rives du Rhin ? Sans doute tout cela était-il vrai en même temps. Ce qui était certain, c'était qu'une fois, il avait utilisé une gomme pour falsifier un chèque, ce qui lui avait valu un prétendu voyage d'études d'un an et demi. Il haïssait le gouvernement actuel pour cela.

Bien entendu, il aimait Ulla, mais il aimait aussi Jonathan, car il était un peu « homo » – il s'exprimait avec une certaine brutalité quand il était face à Jonathan, qu'il appelait d'ailleurs « monsieur Schmidt », que signifiait en effet Fabrizius, sinon Schmidt ou Dupont ?

Ulla et Jonathan prononçaient en revanche très à la française le prénom de Schindeloe, ce qui était là encore censé passer pour une taquinerie : « Âlbaiire », disaient-ils, et ce n'était pas dénué de légitimité, car Albert avait l'habitude de vivre entre novembre et mars à Paris, où il vendait aux Français ce dont il n'arrivait pas à se débarrasser en Allemagne.

Albert souffrait d'entendre des idiots l'appeler « Schindelé » et non « Schindelôè ». La fade stupidité de la syllabe finale, qui l'accompagnait depuis le début de ses jours, lui donnait fort à faire. « Schindeloe », dans son esprit, cela rappelait plutôt « aloe », c'est-à-dire l'encens et la myrrhe, et c'est peut-être pour cette raison qu'il portait une bague égyptienne, un gigantesque apparat en alliage d'or et de cuivre, appelée « la pierre tombale » et dont Ulla aurait aimé savoir si elle était authentique, aussi authentique et ancienne que son propre bracelet, qu'elle tournait si volontiers avec le pouce quand on la poussait dans ses retranchements. Un jour, plusieurs années auparavant, elle avait demandé si elle pouvait mettre la pierre tombale à son doigt, et elle avait essuyé un refus. Si elle le faisait, le charme se dissiperait, lui avait-on promis. À tout prendre, il valait mieux l'offrir !

Le nom « Schindeloe » alimentait leurs conversations chaque fois qu'ils se retrouvaient tous les trois. On rendait compte du nombre de sous-hommes qui l'avaient une fois de plus prononcé de travers, alors qu'il était d'une simplicité effroyable ! Chine-deux-lôè, qu'est-ce qu'il y avait de difficile là-dedans ? Schindeloe d'Itzehoe. Un nom qui avait du reste beaucoup de caractère et qui était originaire de Basse-Saxe. « Schindeloe », ça vous avait un petit côté chasse aux sorcières, charbonnier et feu de joie. Ce qui allait extrêmement bien aux cheveux roux d'Albert, dont les reliques étaient cachées par son béret basque graisseux auquel étaient collés des poils de chat.

Ulla pouvait elle aussi participer au débat sur les noms de famille – il est vrai que le sien non plus n'était pas piqué des vers. « Bakkre de Vaera », en français « Derrière la défense », Ulla Derrièreladéfense, comme les Babendererde ou Auf ter Heid. Quant à la défense, il s'agissait bien entendu du fait de se défendre, pas de la défense d'entrer : il fallait se figurer la broigne et l'épée, quelque chose de l'amazone. Ulla était du reste une Allemande authentique, l'origine suédoise remontait à des générations.

On dit : Santé ! et encore : Santé ! et l'on but le breuvage puant la lessive et traité au poison, la musique turque instaura l'atmosphère appropriée : ce restaurant était une oasis, on pouvait s'épargner sans regret le voyage à Istanbul.

C'est à cet instant que cela se produisit : une pierre lancée de l'extérieur fit éclater une vitre et creusa une bosse dans un samovar de décoration lustré comme un miroir. On bondit, on courut à l'extérieur pour attraper les types, le cuisinier brandit même un couteau et cria quelque chose à propos de fascistes auxquels on devait ouvrir le ventre avant d'y verser de l'huile bouillante. Et au milieu des jurons qu'il poussait dans une langue étrangère, on entendit, clair et distinct, le mot « xénophobie ».

Les trois membres de la tablée d'anniversaire se pressèrent contre la fenêtre pour voir les auteurs de l'attentat être passés à tabac. Malheureusement, ils ne virent rien de plus que la circulation qui s'écoulait avec indifférence.

Les poursuivants revinrent les uns après les autres, on appela la police, on déroula un store devant la vitre brisée et une jeune femme vint de la cuisine ramasser les éclats. Les gens se calmèrent peu à peu, on renforçait ses convictions d'une table à l'autre : « Bon, c'est peut-être encore une de ces saloperies ! Que le fascisme recommence à s'étaler comme ça chez nous... Casser les vitrines de ces pauvres Turcs tellement aimables ! Quel dommage qu'on n'ait pas mis la main sur ces lascars, ils auraient vu ce qu'ils auraient vu ! On les aurait jetés au sol et on leur aurait cogné dessus à coups de pied jusqu'à la mort. Ou bien giflés jusqu'à ce que leurs joues soient en loques. Ou poussés devant une rame de métro. »

Restait à savoir si c'étaient bien des nazis. Peut-être des chômeurs qui avaient certes une carte au Parti social-démocrate mais auxquels on refusait une vie chargée de sens ? Ou même des Turcs fanatisés du coin de la rue ? Des Loups gris ?

Après que la petite compagnie de fêtards eut évoqué différentes variantes de mise à mort, on exprima même, dans certaines limites, de la compréhension : C'étaient de jeunes vandales qui faisaient ce genre de choses, ils avaient trop d'énergie ! Comme autrefois, au début du siècle, avec les étudiants et leurs bagarres de jeunes coqs. Il faut, disait-on, accueillir les jeunes avec amour. Les prendre par la main et leur parler gentiment. Des autorités formées à la psychologie, des programmes d'insertion, des offres de loisirs et ainsi de suite. Nous-mêmes, dans notre jeunesse, nous n'étions pas non plus des neurasthéniques. Casser des vitres, c'est une blague idiote qui a une longue tradition. Pensez à l'Amérique, ça ne rigolait pas, là-bas, ils ravageaient des restaurants entiers ! Oh mon Dieu ! Albert Schindeloe raconta toutes sortes d'histoires de grenouilles martyrisées, les garçons, c'est comme ça… Et Ulla Bakkre de Vaera en connaissait d'autres sur les décapitations de scarabées et la manière de leur faire sauter la tête d'une pichenette ; elle éclata de rire, mais s'arrêta net, car cela dévoilait sa dent morte.

Jonathan n'avait de toute sa vie rien fait de tel. Lui s'était toujours contenté de rosser son nounours, et ça lui avait fait tout chaud dans le pantalon.

Albert possédait une boutique à l'angle d'une rue, sur le Lehmweg, il y vendait ce qu'il n'arrivait pas à fourguer en France. Des montres de toutes tailles, de vieilles lunettes, toutes sortes de carafes, des figurines en étain et des médailles. Les amateurs de curiosités marines pouvaient y acheter des articles à cinq marks, et c'est de cela que vivait Albert Schindeloe. Il recevait en outre de mystérieux versements ; des rentes, ou des indemnités qui ne regardaient personne.

Pour lui faire plaisir, ils allèrent encore faire un tour à l'étage en sa compagnie. Au-dessus de sa boutique, dont les vitrines remplies à craquer étaient protégées par des grilles épaisses, il possédait une piaule qui débordait elle aussi d'une camelote dont il ne voulait pas ou, hélas, ne pouvait pas se séparer. On libéra des sièges, deux chats vinrent se blottir en ronronnant et l'on regarda autour de soi avec un discret étonnement. À côté d'un autel domestique déplié dont la croix ne portait plus de crucifié, et d'une caisse pleine de jambes et de bras votifs en argent, on tirait du vin dans un cubi en carton pourvu d'une canule en caoutchouc, dans des verres qu'Albert essuya pour ses invités avec son mouchoir ; ensuite, on raconta des potins. Albert expliqua ce qu'il avait refilé à qui, et qu'il y avait des clients qui disaient : Cette peinture à l'huile *là*, je l'ai déjà. Dans les années 1960, l'opération comtoise : des centaines de pendules chargées dans un navire à destination de l'Amérique. Et la hausse de l'argent métal dans les années 1970, lorsque ces cinglés de Yankees s'étaient mis à en acheter au quintal et s'étaient finalement pris un bouillon mémorable.

Il irait volontiers renifler un peu dans les logements français pour voir si l'on y trouvait encore une partie du butin que les poilus avaient confisqué à Stuttgart, dit Albert. Il voyait une ravissante petite tête de jeune fille en marbre posée sur un dessus de cheminée. Où pouvait-elle bien se trouver ? À Lyon, peut-être ?

« Et imaginez tout ce qui a réapparu à Moscou ! »

On pouvait peut-être faire un saut là-bas pour jeter un coup d'œil au marché aux puces. Les Russes y seraient certainement heureux d'être payés en devises. « Tchasses ! Montri ! » Il était persuadé qu'on pouvait encore y ramasser des montres-bracelets datant de la guerre.

À une heure avancée, Albert sortit différents tiroirs pleins de décorations de toute espèce, et de lunettes des années 1920 et 1930. Dieu seul savait qui avait bien pu les porter ! Des centaines de besicles.

Ici, on doit certainement trouver aussi des tiroirs pleins de cheveux coupés, songea Jonathan.

« Eh bien, voilà, bonne nuit », se dirent les deux amis lorsqu'ils furent revenus chez eux, et chacun passa dans sa chambre. On entendit la chasse d'eau et Jonathan remonta sa montre. Il pensa à la petite Turque qu'il avait brièvement aperçue à l'Ali Baba au moment où elle ramassait les éclats de verre, aux pantalons de boulanger à petits carreaux, à la coiffe blanche sur la tête, il se regarda dans le miroir fixé au-dessus du lavabo, et il se demanda quelle impression il pouvait bien produire sur une créature comme celle-là. Selon qu'il portait ou non son chapeau de paille ?

Il se vautra dans son canapé en cuir et attrapa un livre sur la basilique de Trêves, elle aussi construite en brique, mais il n'y avait pas de lien avec les déesses nordiques assises de leur large bassin au fronton des maisons médiévales. À gauche, les bons, à droite les méchants, se dit Jonathan, voilà comment ça devrait fonctionner dans les églises, et les gens qui y affluent devraient en ressortir fécondés.

À cet instant, il entendit de l'autre côté du mur siffler entre les doigts. C'était le signal avec lequel sa tendre amie lui indiquait que la journée allait encore lui réserver quelque chose.

En de tels instants, Jonathan haïssait la puérilité que la jeune femme avait conservée, son sourire efficace et le caractère osseux de son « châssis ». Il détestait l'obligation de se donner à elle trois fois par semaine, mais lorsqu'il traversa le couloir à l'odeur suave et confinée, il sentit tout de même des envies monter en lui, comme chaque fois qu'elle l'appelait – une sorte de pourquoi pas ? Puis il avançait en tâtonnant dans la chambre rouge ardent de la jeune femme et se laissait tirer dans le lit, bras nus, rire saturé… Le souffle lourd, il accomplissait ce qui était censé être un plaisir pour lui et l'était aussi au bout du compte : il obéissait avec une satisfaction croissante aux ordres précis qu'elle lui lançait entre les dents.

Lorsque tout fut terminé, Ulla Bakkre de Vaera lui donna brutalement congé. Elle se tourna d'un coup sur le flanc en lui montrant son large dos. Il pouvait disposer. Il ramassa ses abattis et ressortit à tâtons, pour se jeter sur son beau canapé, de l'autre côté. *Et in Sion habitatio ejus*[5] *!*

À présent, la générale pouvait elle aussi mettre de côté son volume de Liliencron et avaler son somnifère : il n'y avait vraiment plus rien à attendre de cette journée.

5

Au début de la semaine se présenta à Jonathan une occasion de dire « Ah, au fait… » Lorsque Ulla jeta à la poubelle le gigantesque bouquet de fleurs, il lui raconta l'offre originale que lui faisaient les établissements Santubara, et lui dit qu'il ne voyait aucune raison de ne pas y aller…

Ulla Bakkre de Vaera accueillit l'information avec indifférence. Dans le genre « ravie pour toi », mais même pas cela. « Tu sais sûrement ce que tu fais… » finit-elle tout de même par dire, et bien que Jonathan n'eût pas su par quel bout prendre la phrase, elle lui donna à réfléchir. Aller en Prusse-Orientale, ça présente un risque ? se demanda-t-il, et il l'aida à enfoncer la composition florale dans le seau.

Tu gagneras plus en cette heure
Que dans toute ta journée[6]

« Tu sais sûrement ce que tu fais… » Qu'est-ce qu'elle pouvait bien vouloir dire ?

Bien que Jonathan n'eût pas encore donné son accord définitif aux établissements Santubara, il s'intéressait de plus en plus à l'Est. Il apprit que le paysage y était vallonné, jalonné de nombreux lacs qui devaient leur présence aux masses de glace morte. Seigle d'hiver, pommes de terre, sarrasin. Il lut des traités historiques aux tendances les plus diverses – il consacra un après-midi à Tannenberg, la bataille que les Chevaliers teutoniques avaient perdue au XVe siècle et que Hindenburg avait si glorieusement gagnée en 1914 – « Il a réparé la faute… »

Il s'informa sur le comportement du sud de la Prusse-Orientale aux référendums : on y avait voté pour l'Allemagne en 1918 ! et cela le réjouit. Il lut les proclamations du ministère des Personnes expulsées des territoires de l'Est, pour lequel, d'un point de vue juridique, ce territoire appartenait toujours à l'Allemagne, et il feuilleta des histoires de l'art : le Marienburg, sur la Nogat, pas une géante nordique conforme à sa définition, mais tout de même un bâtiment en brique aux dimensions déraisonnables, qu'on pouvait comparer à l'église Sainte-Marie de Danzig.

Depuis que Jonathan veillait à tout cela, il lui semblait que tout Hambourg était peuplé d'expulsés et de réfugiés, Allemands des Sudètes, Silésiens, Poméraniens, Prussiens occidentaux et orientaux – en particulier orientaux. Chez le boucher, la vendeuse qui découpait la graisse sur la viande avec un couteau émoussé, M. Doysen, de la bibliothèque universitaire – à la rédaction, le collègue Rothermund, lui venait même du Memel, que les Lituaniens avaient raflé sans la moindre base juridique, ce que personne ne savait plus. La ville grouillait de Prussiens orientaux, et chacun avait une histoire à raconter – Jonathan trouva très étrange que personne ne les interroge là-dessus. Aucun des illustrés sur papier glacé qui, d'ordinaire, s'arrachaient les meurtres et les assassinats, ne considérait ces histoires comme un sujet digne d'être traité. Dès qu'il était question des voisins de l'Est, l'heure était à la paix, à la joie et aux omelettes.

De Mme Krumbach, par exemple, qui lavait l'escalier tous les jours. Il s'avéra qu'elle était originaire des environs de Rastenburg, qu'elle avait quittés à quatorze ans. Il s'adressa à cette femme alors qu'elle était en train de briquer le sol en terrazzo. Et tandis que Jonathan contemplait distraitement les niches vides dans le mur de la cage d'escalier, niches que l'architecte avait fait creuser huit décennies plus tôt pour qu'on y place des tableaux, des représentations allégoriques des points cardinaux – « À l'Ouest ou à l'Est, c'est chez soi qu'on a sa tête » – qui, on ne savait trop pourquoi, n'avaient finalement jamais été livrées, la femme parlait d'un lac près duquel elle avait grandi, oui, quel beau lac ç'avait été. Le matin de bonne heure, elle sortait de la maison et voyait « son lac » briller à ses pieds. Promenades en canot, nage, pêche… Ils avaient toujours dit « notre lac ».

« Quand est-ce qu'on y reviendra ? »

Son père, dit-elle, était pêcheur ; l'hiver, il faisait geler un pieu dans le lac, enfonçait une pointe en haut, puis y attachait une corde qui servait de manège à ses enfants. La glace était si claire qu'on pouvait voir les poissons immobiles en dessous.

« Est-ce que nous récupérerons un jour la Prusse-Orientale ? » demanda-t-elle à Jonathan. Il ne le savait pas non plus.

Le marchand de journaux auquel Jonathan achetait chaque matin sa *Rundschau* – « Le Japon réclame toujours la restitution des îles Kouriles » – eut d'abord une réaction de rejet lorsque Jonathan lui demanda s'il ne venait pas, lui aussi, de Prusse-Orientale. Il avait l'impression que ça s'entendait à son dialecte. Le marchand ne pouvait-il pas raconter comment c'était ? Celui-ci refusa d'un geste de la main. Nâân, il ne voulait pas en entendre parler. On avait passé l'éponge sur tout cela ! Les Polaks, de l'autre côté, ils n'étaient bons à rien, et en plus il fallait les aider ! Il finit tout de même par laisser tomber ses cover-girls, ses illustrés à deux balles et les magazines où l'on trouvait les dernières nouvelles sur les speakers du journal parlé, leurs plats préférés, etc. Il sortit de son kiosque et énuméra : à Heilsberg, son père, il avait possédé une papeterie, taille-crayons et papier à lettres, les Polonais l'avaient envoyé au camp, jamais plus entendu parler de lui, et sa mère était morte d'une septicémie… Et lui, à douze ans, seul au monde. Avait vagabondé dans la région en se nourrissant d'aumônes.

Ensuite l'homme délivra des histoires horribles dont on ne pouvait que s'étonner de ne pas les trouver dans les feuilles de chou qu'il vendait : camp de travail, prison, passage à tabac… et tandis qu'il racontait ses expériences, non sans un certain sens de la dramaturgie, une image remonta à l'esprit de Jonathan, son oncle Edwin portant la mère morte dans ses bras, son entrée dans l'église et l'irruption soudaine du soleil par un vitrail coloré, en haut et de biais.

Le bouquet de ces histoires épouvantables que lui raconta le marchand de journaux – des badauds curieux s'étaient déjà rassemblés autour d'eux pour l'écouter – était le récit de sa fuite, en 1948 : à la nage, en traversant l'Oder. La Volkspolizei est-allemande l'avait immédiatement renvoyé sur l'autre rive, ses compatriotes l'avaient donc livré, lui ! aux Polonais !

L'homme était de plus en plus excité, un petit chien qui levait la patte contre son kiosque prit même un coup de pied. Il finit par évoquer en termes moqueurs une émission de télévision sur la Mazurie, les admirables propriétés d'État dont les Polonais y disposaient et leurs usines fabuleuses, et quels gens fantastiques c'étaient, les Polonais… Il faudrait que les gens de la télévision viennent le voir, il leur raconterait. Envoyer des colis ! Payer des indemnités !

Des taches d'énervement apparurent sur le cou de l'homme, et d'autres expériences finirent par émerger sous la croûte des souvenirs, des épisodes qu'il n'avait sans doute pas évoqués depuis longtemps : le dimanche matin, il devait sarcler les mauvaises herbes entre les pavés, devant l'église. Et les Polonais qui allaient à la messe à ce moment-là, leurs propres catholiques, donc, lui avaient craché dessus ! Et tandis qu'il lâchait ces mots, il se frappait la poitrine, en parfait témoin du sang[7].

Jonathan comprit à ce moment-là qu'il avait perdu son avance en termes de souffrance. Il se tenait devant le kiosque, dans sa veste en tricot danoise usée, et se pinçait les ailes du nez. Il se demandait comment il pourrait bien repartir d'ici.

Chez les bouquinistes auprès desquels il traquait d'ordinaire des documents sur les maisons bourgeoises des Flandres et les portes de ville dans le Mecklembourg, il cherchait maintenant le vieux guide Baedeker de la Prusse-Orientale. Des albums de vignettes vendues avec les paquets de cigarettes, des revues – *L'Art sous le Troisième Reich*… Le libraire, très aimable, l'informa qu'il existait une reproduction bon marché du Baedeker de la Prusse-Orientale. L'homme lui vendit pour une bouchée de pain la biographie manuscrite d'une habitante de Königsberg : *Journées ensoleillées.*

« C'est le genre de trucs que nous fichons à la corbeille, d'habitude », dit le libraire, qui n'était pas originaire de Prusse-Orientale, mais de Bavière.

Jonathan finit par se rendre aussi dans la librairie mondialement connue de M. Götze, un magasin spécialisé dans les cartes de toute nature. On n'y trouvait pas seulement des globes de la Lune et de Mars, qu'on pouvait éclairer de l'intérieur, mais aussi des plans de Buenos Aires et de Moscou. C'est ici que s'équipaient les explorateurs du pôle Nord, ici que les amateurs de voile achetaient des cartes marines du Cattégat.

Un monsieur présenta à Jonathan des cartes de la Prusse-Orientale – « actuellement sous administration polonaise » –, avec des blasons à gauche et à droite, et d'autres sur lesquelles on avait dessiné les itinéraires des convois de 1945. Merveilles de précision, 1/300 000, avec la lagune de la Vistule et la lagune de Courlande, les noms de localités encore écrits en allemand – il parvint à distinguer un lieu nommé Zimmerbude.

« Mais soyez prudent, dit M. Hofer, on ne peut pas emporter en Pologne de cartes rédigées en allemand. Ça pourrait vous valoir des ennuis ! »

Il se fit emballer tout ce qui présentait un intérêt quelconque – il refusa les disques de chants folkloriques – et il acheta aussi la *Documentation de l'expulsion*, l'édition en cinq volumes d'une collection d'abominations de première qualité dont on pouvait profiter à volonté. Plus tard, il les offrirait à Ulla pour Noël. Il comprenait bien qu'il n'allait pas pouvoir se promener en affichant cet ouvrage avec lui ou, pourquoi pas, le lire dans le métro : les gens l'auraient considéré, sans se poser plus de questions, comme un chevalier de la guerre froide.

Il encaissa le chèque de son oncle et s'attabla à la Cave à huîtres, où déjeunaient des gens avec des marottes diverses. Il commanda une assiette de fruits de mer en gelée garnie de salade de pommes de terre et feuilleta les *Journées ensoleillées*, ces mémoires dans lesquels on décrivait l'auteur, actuellement octogénaire, courant dans les champs en poussant des cris de joie. Jonathan s'étonna de ne pas s'être mis à travailler sur sa patrie bien avant cette date ; mais cela tenait justement au fait que la Prusse-Orientale n'était pas sa patrie. Bad Zwischenahn et la fabrique de meubles dans laquelle les ouvriers de son oncle l'avaient porté à cheval sur leur dos, et le lac, pagayer l'après-midi, et faire du patin à glace l'hiver.

Un pieu dans la glace – ç'aurait pu être amusant.

Le bureau de son oncle, dans lequel on l'avait autorisé à s'allonger sur le divan quand il avait eu les oreillons, le tiroir supérieur gauche du secrétaire, dans lequel il farfouillait toujours si volontiers dans son enfance. Et la fosse pleine de sciure de bois où ils se laissaient tomber quand ils étaient petits. Et un matin d'hiver au bord du lac, avec la brume et l'astre solaire comme un ballon, plus beau qu'aucun peintre ne pourrait le représenter aujourd'hui.

Plus il y réfléchissait, plus il voyait se dessiner le contour de ce que d'autres auraient certainement appelé leur « patrie ». Mais une nostalgie de tout cela ? Non, car il ne l'avait pas perdu.

Au cours des journées suivantes, Jonathan passa des heures entières sur le canapé à étudier, dans la position la plus inconfortable qui fût, la carte de la Prusse-Orientale. Allongé, il la tenait au-dessus de lui, et elle n'arrêtait pas de se replier vers le bas. Pour finir, il la posa sur la table et marqua au feutre rouge les étapes culturelles qu'il comptait proposer aux gens des établissements Santubara : Marienburg, Frauenburg, Braunsberg, Heilsberg... Que les Russes aient aussi voulu couper un bout de la presqu'île de la Vistule était quand même une drôle d'histoire. Qu'en disaient les Polonais ?

Pillau, l'ultime planche de salut des fuyards qui tentaient d'échapper à la vengeance des vainqueurs. Jonathan vit les convois de charrettes avancer au trot sur la lagune gelée, les chevaux qui s'enfonçaient dans la glace, la tête émergeant encore, les chasseurs de l'Armée rouge passant au-dessus en rase-mottes, les projectiles traçants qui prenaient pour cible ce pitoyable cortège. Et ensuite, les navires pleins à craquer. Sur le quai, les véhicules attelés restaient attelés, les chevaux la tête tristement baissée. Sur une photo, on voyait même une chèvre.

Jonathan reprit en main ces mémoires intitulés *Journées ensoleillées*. La patrie ? Non, ça n'allait plus, on ne pouvait plus dire ça. Il y avait trop de Zarah Leander là-dedans.

Il ne se rendit pas chez son oncle, de toute façon il ne lui aurait livré que des anecdotes. Il n'alla pas à Bad Zwischenahn, craignant qu'on ne lui confie en chemin des missions nostalgiques. Il n'était pas du tout nécessaire non plus qu'il s'y rende, car plus il réfléchissait à ne pas le faire, plus d'antiques histoires lui revenaient en mémoire. L'oncle n'avait pas besoin de lui raconter quoi que ce soit sur la Prusse-Orientale, il savait tout, y compris ce qu'il ne lui avait pas encore raconté.

Il ne l'appela qu'un bref instant, le pria de lui parler de Rosenau et nota où cela se situait afin de ne pas oublier, distrait comme il l'était. Quant à la propriété de son oncle, il apprit qu'elle se situait en zone russe. Dieu soit loué, se dit-il, dans ce cas je n'ai pas besoin d'y aller en plus.

Un après-midi, à 16 h 30, il prit une feuille de papier et écrivit aux établissements Santubara : Mais bien sûr qu'il s'y rendrait. Et il attendait avec impatience cette entreprise exotique. L'Italie ou l'Espagne, cela lui resterait toujours. Il ne s'en débarrasserait pas.

Cinq mille marks plus les frais, dont on pouvait encore discuter... Lui rembourserait-on les cartes et les livres ? Ça l'intéressait.

6

Ulla était hors les murs ces jours-ci, l'exposition l'accaparait sacrément, disait-elle. De temps en temps, elle se tenait au seuil de la porte et regardait Jonathan d'un air désolé. Elle n'avait rien contre les études qu'il avait entreprises. Mais lorsqu'elle le voyait ainsi affalé sur le canapé, un gobelet en carton plein de soda Sinalco sur la table, il lui paraissait tellement ringard, tellement au rebut. Il ne cessait de rapetisser sous les yeux de la jeune femme, tandis que la chambre sombre, elle, grandissait et grandissait encore.

Jonathan se rendit compte qu'elle se tenait au seuil et l'entendit lui annoncer qu'elle devait sortir d'urgence et qu'elle ne reviendrait que très tard. Lorsqu'elle eut fermé la porte, il se demanda : Qu'est-ce qu'elle a dit ?

Il regardait fixement dans le vide, il avait l'impression que ce n'était pas lui qui réfléchissait, mais que quelque chose réfléchissait en lui : de l'ordre se créa dans son cerveau comme dans une installation de mise en boîte de cachets.

Lorsqu'il fut saturé d'images et de chiffres, le sentiment s'abattit sur lui d'un seul coup : maintenant, cela suffit. Il se ressaisit et alla au Lehmweg pour rendre visite à Albert Schindeloe.

« Nous sommes mardi ou mercredi, aujourd'hui ? » demanda-t-il à son ami qui s'apprêtait à reporter dans un livre de comptes quelques pièces justificatives choisies et à jeter les autres à la corbeille.

Maintenant qu'ils étaient seuls tous les deux, Albert faisait ressortir ses côtés positifs, il était gentil, et quand il caressait son gros matou, on aurait dit qu'il cajolait Jonathan.

De tout le fatras suspendu, debout ou couché dans la boutique d'Albert, les lampes de piano, les verres et les céramiques, les médailles et les casques, Jonathan n'aurait pas voulu posséder la moindre pièce. Ou bien, peut-être, la figurine en porcelaine des années 1930 sur le bureau d'Albert, une jeune fille très moderne qui se tenait debout, passablement statique, sur une boule en or. Il prit l'objet en main, le leva à la lumière et le tourna comme on le fait au cinéma pour arranger un plan. La figurine était d'une légèreté surprenante : elle était creuse.

Albert mit de côté ses justificatifs discrets et demanda à Jonathan s'il ne se sentait pas capable de prendre un pied-de-biche et de faire sauter les faïences de la cage d'escalier, Isestrasse. Si l'immeuble avait été détruit pendant la guerre, les carreaux auraient de toute façon tous été bousillés. Vingt marks par faïence, ça ne valait pas le coup ?

Cette proposition s'était déjà heurtée une fois au fait que Jonathan avait fait dans sa vie le choix du manque d'habileté manuelle. Par ailleurs, il ne voulait pas renoncer à frôler du doigt les nénuphars rugueux lorsqu'il montait et descendait l'escalier en trombe.

On pouvait quand même supposer que la générale se moquerait bien de savoir si quelqu'un volait les carreaux ou non, dit Albert. Mais Jonathan refusa. Une sorte d'inhibition de la morsure le retenait de commettre cette plaisanterie de potache. Et puis il y avait le bruit ! Arracher des faïences au pied-de-biche dans la cage d'escalier ? Non, sur le principe peut-être, mais là, non. Il était plutôt partisan de remplir les niches vides de l'escalier avec des allégories des quatre points cardinaux, c'est-à-dire d'ajouter quelque chose à la maison plutôt que de le lui prendre.

Albert Schindeloe renonça ce jour-là à recommencer à parler du Botero, il ne voulait pas gâter sa bonne humeur ni celle de Jonathan.

Leur entretien fut interrompu par un homme qui voulait faire la monnaie sur un billet de cent marks (il tutoyait Albert). Lorsqu'il entendit parler de l'entreprise dans laquelle Jonathan comptait se lancer, il lui conseilla d'emporter des billets de cinq marks : ils étaient considérés comme de l'argent de poche et il n'était pas nécessaire de les déclarer en passant la frontière.

Alors arriva une épouse désœuvrée de Rahlstedt qui cherchait deux tasses pour son service : « Vous savez bien, avec des roses comme ça dessus, de tous les côtés » ; elle avait déjà les soucoupes.

Était-ce un service du matin ou de l'après-midi ? lui demanda Albert. À moins qu'il ne s'agît même d'un service de nuit ?

Elle venait à peine de repartir – les deux hommes se félicitaient de ne pas avoir de service avec des roses comme ça dessus – qu'un retraité arriva, tenant dans sa main tremblante un sac en plastique où se trouvaient une bible et un recueil de cantiques. Est-ce que ça ne serait pas pour Albert, ça ? demanda-t-il. Il précisa que c'était un antique trésor familial, de très grande valeur !

Albert feuilleta la bible – c'était une édition de 1904 – et en lut un extrait.

> J'ai vu, oui, j'ai vu la misère de mon peuple qui est en Égypte et j'ai entendu ses cris sous les coups des chefs de corvée…

On traita le vieil homme avec amabilité, mais on refusa bien entendu son offre, et ils le suivirent tous deux du regard avec une certaine tristesse. Albert estima que si cet homme-là devait vendre sa bible et son livre de cantiques, c'était la faute de cet État de merde qui dépensait des milliards pour les fusées et réduisait sans arrêt les pensions de retraite. Il puisait sa représentation du monde dans la presse populaire, d'une part, et d'autre part dans une obscure feuille de chou trotskiste qu'il cachait dans ses dossiers quand quelqu'un entrait.

À l'heure du déjeuner, ils allèrent manger une soupe de pommes de terre, on n'en trouvait nulle part ailleurs qu'à L'Espagnol, qui n'avait d'ailleurs rien d'ibérique. Ce restaurant était géré de manière assez pitoyable par un couple d'étudiants très allemands ; la seule chose avec laquelle il pouvait convaincre était une soupe de pommes de terre Altländer. C'est le jeune homme qui tirait la bière, comme pour dire : Vous voyez, ça aussi, je sais le faire. Trop allègre d'une idée, donc. Et aux toilettes était collée la célèbre affiche où l'on voit le soldat allemand mettre en joue et exécuter, debout, une femme qui porte un enfant dans ses bras.

PLUS JAMAIS LA GUERRE !

Ça ne pouvait en aucun cas avoir été un Allemand, avait-on dit, le képi n'était pas du tout le bon, et puis elle était de Capa, on rappelait pour prouver l'ignominie du photographe la fameuse photo qu'il avait prise pendant la guerre civile espagnole, celle où le soldat tombe, mortellement atteint par la balle qui vient de le toucher. C'était, disait-on, une photo prise à la suite d'une lubie, loin du front, au moment où les camarades prenaient le petit déjeuner et riaient à s'en faire péter la sous-ventrière.

À l'époque où l'Espagnol résidait encore ici, tous les marchands du coin se retrouvaient dans son restaurant. Heinzi, l'homme à la bicyclette, M. Ommel, un collectionneur de montres qui s'y connaissait aussi en chinoiseries et parlait couramment japonais, Giorgiu, le spécialiste du verre, qui cédait tout à crédit et faisait les poches de ses collègues. Peu de temps auparavant, la police avait de nouveau fait un saut chez lui, les gens en parlaient.

De tous ces originaux, plus aucun ne mangeait à L'Espagnol, parce que l'esprit du restaurant avait fui les lieux. La soupe aux pommes de terre, ça n'est pas fait pour tout le monde.

Ils discutaient toujours, tous les deux, de la femme de Rahlstedt avec ses roses tout partout : il s'agissait probablement d'une épouse de dentiste divorcée dont l'homme avait dû casquer pour elle pendant cinquante ans bien que ça n'ait jamais fonctionné au lit, et les deux amis tombèrent d'accord pour estimer que les femmes cinglées sont particulièrement cinglées, une opinion passablement théorique qu'ils ne pouvaient étayer par aucune expérience et ne défendaient que lorsqu'ils étaient entre eux.

Vers la fin de la collation, Albert sortit de sa veste une liasse de billets de cinquante marks et demanda à son ami s'il ne pourrait pas lui rapporter quelques figurines en bois de Cracovie, ou de vieux bijoux en ambre.

Le lendemain matin, Jonathan décida de rendre visite à la générale. La Prusse-Orientale ? Quatre-vingts ans ? Elle pourrait peut-être lui fournir le *background*, en langage courant les informations qui lui seraient utiles pour son article, et il pensa aux parties de traîneau que cette femme avait peut-être faites dans son enfance, pour rejoindre son oncle sur la propriété voisine, les joues en feu, et peut-être même avec des loups courant après le traîneau, les chevaux qui tombaient et les bêtes sauvages qui plongeaient leurs dents dans le ventre de ces nobles animaux – le sang chaud qui bouillonnait...

Il frappa donc à la porte, et au bout d'un certain temps on la lui ouvrit. La générale, une femme maigre aux yeux bleus aqueux, un visage de jeune fille cisaillé de petites rides et auréolé par une gerbe de boucles, ne s'étonna pas le moins du monde que le jeune homme qui aurait dû venir la voir depuis longtemps lui rende une visite à présent, un mercredi à 11 h 15, tout à fait *comme il faut*. Elle le laissa donc entrer dans son sombre appartement en enfilade, lui offrit un siège, une chose fragile des années 1950, et s'assit sur le canapé couvert de livres et de revues. Elle souleva les jambes. Au-dessus du canapé était accrochée une grande photo de son mari (en uniforme de général) colorisée par des moyens primitifs, et devant elle, sur la table étroite entièrement occupée, se trouvait une machine à écrire de voyage qui donnait l'impression de sortir des stocks de la Wehrmacht. La générale était manifestement en train d'écrire quelque chose, une feuille était engagée dans le rouleau et la cigarette posée à côté diffusait une fumée droite comme un cierge. Les pièces qui se situaient derrière la crypte faisant office de séjour, qu'on pouvait apercevoir par les portes coulissantes ouvertes, donnaient l'impression que quelqu'un venait d'y chercher des armes.

Jonathan adopta les manières du siècle précédent, il fit savoir que lui aussi, d'une certaine manière, venait de Prusse-Orientale, Rosenau, peut-être avait-elle déjà entendu parler de ce lieu ? Sa mère « y était restée » pendant la fuite, on pouvait sans doute dire cela ainsi, c'est-à-dire qu'elle avait « passé l'arme à gauche » ou, mieux, qu'elle avait perdu tout son sang en le mettant au monde… Et il s'enquit du précieux bien-être de la générale, qui avait donné la vie, plus ou moins sans problème, à sept enfants : marchands, banquiers, une vendeuse de l'industrie, et Jonas, un blond *golden boy* qui vivait marié en Californie et lui demandait de l'argent de temps en temps. À la générale, qui se trouvait assise devant lui et l'observait, il aurait volontiers donné de l'« Excellence » ou du moins du « chère madame », mais ça ne lui venait pas aux lèvres. Les yeux bleus, la couronne de boucles blanches… pour être honnête : la consommation de cigarettes à la chaîne ne s'accordait pas tout à fait avec cette gamine momifiée…

Pour laisser à la vieille dame le temps de se concentrer sur le passé, Jonathan exprima l'opinion qu'il était merveilleux de vivre ici, Isestrasse, et qu'il était ô combien étrange qu'ils n'aient encore jamais échangé un mot. Ce genre de situation n'existait sûrement pas dans les pays du Sud, se dit-il en croisant les jambes. Dans les pays du Sud, les gens étaient plus chaleureux les uns avec les autres. La dernière fois, c'était sur le lac de Garde, comme il l'avait apprécié ! Le peuple l'avait accueilli à l'occasion d'obsèques ! Cette gaieté naturelle ! On lui avait offert du vin et des gâteaux, bien que la Wehrmacht eût fusillé treize hommes de la localité dans un tunnel de chemin de fer situé non loin de la localité ! Manifestement, l'empathie était inconnue dans le froid Hambourg. Récemment, devant une cabine téléphonique, il avait demandé à un monsieur s'il avait de la monnaie – le monsieur n'avait eu aucune réaction.

Tout en parlant, il balayait la pièce du regard. Bon sang de bois, mais quel bazar ! Une vitrine pleine de porcelaine se dressait à côté du canapé, la vitre brisée avait été réparée avec du sparadrap. Au mur étaient accrochées de petites peintures, pas mal réalisées du tout, très correctes du point de vue artisanal, une allée, un lac avec une forêt et des cygnes, mais à côté se trouvaient tout de même les *Tournesols* de Van Gogh tirés sur du carton comprimé.

Qui pourra bien hériter de tous ces tableaux, songea Jonathan, et il se demanda pourquoi la dame n'en décrochait pas un, tout simplement, pour le lui offrir. Quand on est aussi vieille, on n'a plus besoin de tableaux !

La générale pensait peut-être déjà qu'il venait pour le loyer, il était possible qu'il n'ait pas les moyens de le payer, elle alluma une cigarette avec le mégot de la précédente et entendit Jonathan expliquer qu'il devait se rendre en Pologne, ou plus exactement en Prusse-Orientale, qu'il était bien entendu désireux de le faire, et qu'il se livrait pour l'heure à une quête d'informations tout à fait générales sur ce coin de pays, là-bas, on ne trouvait pas dans les livres ce qu'il devait savoir, les usages, les superstitions, mais elle avait quand même sans aucun doute des connaissances essentielles et antérieures, sa génération à lui ne disposait d'aucune information là-dessus…

La générale prit une gorgée de café manifestement froid dans sa tasse sale – la soucoupe y resta collée – et dit : « Ah mon Dieu, oui, la Prusse-Orientale… » Mais avant qu'elle se mette à lui raconter, puisqu'elle était justement en train de coucher tout cela sur le papier à l'intention de ses petits-enfants, elle se plaignit de ce que le feuillage des arbres de la rue barrait la lumière du soleil devant sa fenêtre. Elle se faisait l'impression d'une solanacée ! L'unique chose qui la consolât encore : il y avait des marronniers devant tous les immeubles, mais devant le sien, le n° 13, c'était un platane. Une exception, donc ! Ce platane lui rappelait le parc de son oncle, à Heiditten, en 1938, où elle avait vécu des journées merveilleuses.

« Que des marronniers, dit-elle d'une voix profonde, alignés à la file, ma maison est la seule devant laquelle on trouve un platane. » C'était beau, dit-elle, mais ç'avait aussi quelque chose de fou et c'était typique de l'administration urbaine à Hambourg. Il y avait toujours eu dans sa vie quelque chose de spécial, quelque chose de fou. En Prusse-Orientale, ses voisins avaient été tués par les membres de l'Armée rouge, à l'époque, en 45, sur leurs propriétés, tous, sauf elle. Au moment où les soldats venus piller avaient pointé leurs fusils dans sa direction, un officier de la garde était arrivé, avec son état-major, avait fichu les types dehors, s'était installé chez elle et l'avait protégée. Une chance, bien entendu, qu'elle ait parlé le russe !

Il s'arrête devant chez elle, habite avec elle, fait la cuisine et traficote en sa compagnie, le soir il joue du piano… Et ensuite, il la fait pratiquement sortir de la maison – « Vous ne pouvez pas rester ici » –, il s'arrête devant chez elle et la conduit à Stettin, en traversant le territoire polonais. Elle le voit encore debout à la frontière. Inconcevable : aujourd'hui encore, elle tente de comprendre.

Son mari, dit-elle, a eu de bonne heure une idée de ce qui faisait la prospérité des Prussiens orientaux, son imagination et son sens des réalités étaient restés intacts. Il faut s'en rendre compte : au cours de l'été 1944, il avait acheté cette maison, ici, il y avait entreposé par cartons entiers des livres, des peintures, et toute l'argenterie ! Sa cousine à Bonn, elle, n'avait sauvé que ce qu'elle portait sur elle. Pas le moindre objet ! Mais elle, à peu près tout !

De la folie.

Au rebord de la fenêtre, où un antique bouquet de fleurs laissait tomber ses pétales sur des mouches mortes, elle avait disposé des cadres droits remplis de photos : l'époux et ses hautes décorations, les enfants, et elle-même, une jeune femme à la tête auréolée d'une couronne de boucles blondes : oui, c'était la générale en personne, cette jeune fille, sans aucun doute, et c'était soixante ans plus tôt !

Jonathan l'observa avec étonnement. Il sentait couler en lui la nostalgie d'une époque où des demeures blanches se dressaient au-dessus de champs couverts d'épis dorés, où arrivait à cheval un jeune officier qu'on attendait à la porte…

Sur le bureau de la générale était posé un vieil album photo relié en velours vert élimé, pourvu de coins et de boucles en laiton. La générale lui demanda de le lui faire passer, elle le feuilleta en expliquant les clichés à Jonathan, qui dut s'approcher d'elle : l'attelage aux ânes devant la maison d'habitation badigeonnée de blanc où la vigne faisait courir ses lianes, ses sœurs en petite robe matelot, le père à la chasse en compagnie de Hindenburg.

Puis elle raconta des histoires : l'éducation rigoureuse, la chambre à coucher sans chauffage pendant l'hiver, mais pour son anniversaire leur mère leur avait noué autour du bras un ruban de Noël bleu. Celui qui portait un ruban bleu, on savait que c'était son anniversaire.

Ainsi parlait la générale, qui allumait cigarette sur cigarette, et Jonathan se disait : Quel dommage que personne ne s'intéresse plus à ces histoires aujourd'hui. Il ne s'y intéressait pas lui non plus, mais il se disait que c'était quand même tout à fait singulier, qu'il se trouve ici, lui, un mercredi du mois d'août, dans la chambre d'une laissée-pour-compte, d'une vieille relique, et lui, la jeune génération, aux pieds du grand âge, écoutant attentivement, même s'il ne comptait bien entendu pas le faire pour l'éternité. La prochaine fois, chez Albert Schindeloe, il glisserait ça dans la conversation, qu'il parlait sans arrêt avec des personnes âgées, après tout, il fallait bien se soucier des anciens…

Le temps passa, les histoires se succédaient. Pour finir, on énuméra les noms des petits-enfants, l'un marié au Canada, l'autre juriste chez Bayer, à Leverkusen – et Jonathan souhaita être loin, très loin ! Dans sa piaule, sur son beau canapé en cuir. Quelle mouche l'avait piqué de s'engager dans cette aventure ?

« Allez tranquillement en Prusse-Orientale, monsieur Fabrizius, dit la générale en se levant, c'est un voyage que vous n'oublierez jamais. »

La visite terminée, Jonathan traversa la rue et se jeta sur son canapé. Curieux, se dit-il, elle touche sa retraite depuis quarante ans, sans même parler de la péréquation des charges. Et combien y a-t-il de générales qui touchent leur retraite ? Que l'économie nationale produise une chose pareille ! Mais il se dit ensuite que d'autres personnes la percevaient aussi et qu'après tout les bénéficiaires de ces rentes et pensions dépensaient eux aussi leur argent. Ils s'en servaient pour acheter des cigarettes, par exemple, du café, des thermoplongeurs, et avec cela les marchands versaient à leurs employés des salaires et traitements pour que ceux-ci achètent à leur tour des cigarettes et du café, et s'offrent une nouvelle chaîne stéréo.

Qui est le dindon de la farce, au bout du compte ? se demanda Jonathan, et il s'empêtra dans ses pensées.

7

Le dernier soir, Jonathan aurait aimé dîner tranquillement avec son amie, écouter le *Concerto pour piano en mi bémol majeur* et feuilleter l'un de ces portfolios des atrocités qu'elle mettait si proprement en page – la position des pieds du crucifié ! –, mais pour une raison quelconque, cela ne se fit pas. Ulla était agitée, elle passait en se frottant contre la paroi du placard, elle regardait par la fenêtre – on aurait presque dit qu'elle observait quelqu'un. D'ailleurs elle avait à travailler, pour reprendre son expression, à 20 heures elle devait tout passer une nouvelle fois en revue avec M. Kranstöver, c'étaient les derniers préparatifs en vue de l'exposition. Les témoignages d'atrocités étaient plus nombreux qu'on ne le croyait ! Les anthropophages d'Afrique et d'Amérique centrale, cet écorchage, penser à envoyer un télex au Mexique ! La cruauté ? Ce thème était sans fin.

Jonathan décida d'aller écouter un récital de piano. La Stepanskaïa jouait Chopin et Debussy au Kleines Haus : exactement ce qu'il fallait pour cette soirée.

Ulla possédait le disque *Children's Corner*, il avait longtemps fait partie du répertoire de ses soirées. Elle avait aussi un disque d'*Études* de Chopin, dont on avait peine à croire que dix doigts suffisaient à provoquer un tel spectacle.

Jonathan était à l'abri du grand spectacle ce soir-là : ce n'étaient pas les *Études* de Chopin, mais différentes *Nocturnes* qui figuraient au programme. Et avec cela la *Ballade en sol mineur*, cette œuvre d'une folle beauté dont on se dit : Je peux la jouer aussi, cette ballade. Mais ensuite, quand on passe aux choses sérieuses, ça se complique, il va valoir du renfort. Il faudrait utiliser cette musique pour montrer aux jeunes qui préfèrent, pour le reste, se détruire les tympans dans les discothèques, que la musique classique est loin d'être aussi dénuée de charme que ça ; avec de telles sonorités, on pourrait peut-être les regagner à la cause de l'Occident ?

L'organisateur avait fait poser d'authentiques chandelles sur le long piano à queue (un peu esquinté) et la Stepanskaïa portait une robe en soie jaune qu'elle avait largement étalée vers l'arrière. Sa chevelure brun sombre tomba sur son visage lorsque, assise sur son tabouret, elle prit un moment pour se concentrer et fit en sorte de paraître désirable bien qu'elle eût déjà clairement avancé en âge. Alors, elle leva les yeux, pétrit ses mains comme une femme en prière puis, sur une impulsion, commença à frapper les touches.

L'intimité de l'espace, l'ambiance créée par l'éclairage et les gens, le plus souvent d'allure aristocratique, qui se penchaient légèrement en arrière pour s'imprégner de la musique, ou se calaient au fond de leur siège, ventilés par les modulations enharmoniques comme par une tiède brise nocturne. Des étudiants à pomme d'Adam saillante avec leur compagne, de petites filles auxquelles on voulait faire apprécier les leçons de piano, de très vieilles personnes équipées d'appareils auditifs et qui pensaient aux scènes familiales : la mère, ah, oui, comme elle était belle, et le père qui se tenait debout à côté d'elle au piano – *chant sans paroles* – et qui tournait les pages, en ce temps-là. Vers tous ces gens, la musique coulait sur des pistes préformées et prêtes à l'accueillir…

L'Occident, se dit Jonathan, c'est cela, l'Occident. Il espérait que les hommes qui se tenaient à sa gauche et à sa droite remarqueraient qu'il faisait lui aussi partie de l'Occident – *Ruine Eldena !* – et qu'il faisait son devoir en menant ses travaux sur les champs de blé ondulants de la musique – d'esprit à esprit ! Celui qui ne reculait pas devant l'idée de voyager en Prusse-Orientale par pur intérêt, et d'y être, pourquoi pas, abordé par des gens qui auraient des vues sur sa montre ?

Il dressa l'oreille pour entendre la musique et vérifia ses capacités mnésiques : connaissait-il ces accords et ces cadences ? Et il se demanda : Pourquoi est-ce que je ne possède pas de maison proche d'un lac, une maison blanche derrière un hêtre rouge, avec des marches qui descendent jusqu'à l'eau et dont la plus basse est recouverte par les frisures de vaguelettes qui clapotent… Il serait alors assis sur un banc blanc, la maison blanche et fraîche, et par les fenêtres ouvertes s'échapperaient les sons qu'on entendait justement maintenant, des sons qu'on ne pouvait en vérité entendre en toute bonne conscience par les temps qui couraient : dans les déserts d'Afrique, des réfugiés se traînaient sur le sable, affamés et assoiffés, pour atterrir sur les terrils de déchets des grandes cités.

L'étroitesse de l'espace et la promiscuité empêchaient autant Jonathan de se concentrer que de se distraire. Tous ces gens n'étaient pas venus pour la musique, ils la connaissaient par d'autres voies, ils étaient venus se reposer sur leurs propres souvenirs et vivre un événement qui serait peut-être historique, dont on pourrait dire un jour : J'étais là-bas, je l'ai vécu, ce concert dans lequel la Stepanskaïa a fait monter et descendre les beaux et tristes élans du clair de lune avant de s'effondrer sur le clavier, cette femme dont on murmurait qu'elle était atteinte d'une maladie incurable.

La proximité physique avec des gens qui sentaient le tabac froid ou exhalaient des nuages de poudre et de parfum en espérant ardemment que la Stepanskaïa passerait l'arme à gauche, cette proximité, donc, perturbait Jonathan. Devant lui, un enfant exigea même, audible de tous, que sa mère le prenne sur ses genoux : « Maman, ça finit bientôt ? » Il était en revanche attiré par la proximité de ces personnes qui, en accord avec l'harmonie, produisaient des images dans leur esprit comme une exposition intérieure qui aurait accompagné les *fa* dièse mineur et les *sol* majeur. Des gens d'esprit qu'on ne trouvait pas parmi ceux qui se rendent sur les falaises de Cornouailles pour dire, après coup : « C'était beau. » Des gens qui se souciaient de la culture et de sa survie, des gens disposés à dépenser quinze marks pour entendre des compositions dont ils auraient pu fredonner une partie avec l'orchestre.

Contrairement aux auditeurs qui l'entouraient dans cette salle de concert, Jonathan ne voyait pas de forêts nocturnes éclairées par la lune. Il regrettait qu'un ruban défilant ne restitue pas la partition au-dessus du rideau, ce qui lui aurait permis d'anticiper les mouvements ascendants ou descendants. Comme ce n'était pas le cas, il illustrait la musique avec ses connaissances livresques sur les dernières années de vie d'un Chopin crachant le sang. Majorque ! Une cellule de moine dans le monastère humide, en forme de cercueil ! Être exploité par les habitants, et puis de la pluie, toujours, jour et nuit, et finir par se rendre en voyage à Londres, cette légèreté d'esprit !

Il pensa aussi à George Sand, cette incorrigible antiménagère qui avait commencé par le soigner puis l'avait laissé en plan. Lui était-il arrivé, à elle aussi, en certaines occasions, de siffler entre ses deux doigts ?

Pendant que la Stepanskaïa, atteinte d'une maladie incurable, jouait des accords larmoyants, Jonathan marchait avec le compositeur crachant le sang à travers la chartreuse humide et produisait des pressentiments : peut-être risque-t-il d'être assassiné en Pologne ? Le crâne fendu d'un coup de hache… ou bien un couteau dans le cœur ? Comme Winckelmann à Trieste ? Et il se vit allongé comme un agneau sacrificiel centre-européen, dans une forêt, la gorge tranchée.

Ensuite, ce fut le tour de Debussy avec sa musique sous-marine. Bien qu'il se fût agi d'un germanophobe sanguinaire, le public l'aimait. Clair de lune… C'était le souvenir de soirées d'été sans moustiques, de soirées au cours desquelles il n'était même pas nécessaire de refaire un tour dans la maison pour aller chercher une couverture, où l'on n'avait pas à penser à la journée du lendemain au bureau, où l'on se remémorait au contraire des souvenirs oubliés depuis longtemps. Si l'on faisait abstraction des occasions ridicules pour lesquelles Debussy avait composé ses morceaux – *Golliwogg's Cake-Walk* –, ces sonorités impressionnistes étaient indispensables à l'âme, dommage qu'on n'ait pas pu les accrocher au mur, comme les *Tournesols* de Van Gogh.

L'un des morceaux qu'interpréta la Stepanskaïa s'appelait *La Cathédrale engloutie*. On lisait dans le programme qu'on pouvait directement entendre la cathédrale émerger des profondeurs pièce après pièce, avant de se dresser, splendide, devant les yeux de l'humanité.

La pianiste cessa alors de jouer et les applaudissements commencèrent en rythme, entrecoupés de divers « *bravo* » récompensant l'énergie que l'artiste avait mise dans son jeu en dépit de sa perfide faiblesse cardiaque : faire des gammes pendant vingt ans, avoir en tête toutes les *Nocturnes*, Schumann, Debussy, Moussorgski, et être condamnée à claquer d'un jour à l'autre ? Les mains remarquablement entraînées que la thanatopractrice a forcées à se joindre ? La chair est la première à se détacher, suivie des tendons… Plus d'un pouvait regretter que la virtuose n'ait pas été sortie de scène sur son lit de mort, à l'instar de Lipatti, ou, mieux encore, une fois qu'elle se serait effondrée en jouant, qu'elle n'ait pas quitté ce monde sur la scène, à la lueur des bougies, sur un faux accord…

« J'y étais, je l'ai vu de mes yeux… »

Comme cela ne s'était pas produit, ils applaudissaient. Les images disparaissaient dans les cerveaux, l'Occident se dissipait. À présent il fallait gagner du terrain, c'est-à-dire sortir à l'air libre, attendre le métro suivant, ou piloter la voiture dans la mêlée qui s'engageait alors et la diriger vers les faubourgs bénis, y allumer le téléviseur et regarder le journal télévisé du soir.

Que d'autres s'efforcent comme lui de sortir à l'air libre, s'adaptant plus vite qu'il ne seyait à cette soirée de velours, rendit Jonathan un peu plus conciliant. Et il le comprit : ce qui fait l'Occident, c'est le moi d'un côté, toi de l'autre. Mais dans l'action commune, nous triomphons de notre solitude.

Au moins provisoirement.

Lorsque Jonathan monta sur son vélo, il se promit de continuer non seulement de mener vers la lumière, pièce par pièce, ses géantes nordiques, mais aussi de poursuivre le travail de détail sous toutes ses formes, les clôtures de Provence, les rambardes des ponts des années 1920 à Chicago, et Wittgenstein, la raison pour laquelle il avait giflé les élèves de son école villageoise, et Robert Schumann, ce que pouvaient bien signifier les petites doubles croches dans ses *Journaux*... Et avec la Prusse-Orientale. Il écrirait sur ce pays un article pas piqué des vers ! Il ne se prêterait pas aux lectures d'écrivains capricieux à l'accent du terroir, il ne se dessécherait pas, témoignage supplémentaire de l'attachement à la patrie, dans les archives des associations d'expulsés, mais on le remarquerait dans les déserts de plomb quotidiens des journaux. On se dirait : Vous avez lu ça ? Fabrizius a écrit quelque chose sur la Mazurie...

Au même moment, Ulla Bakkre de Vaera était assise à la terrasse d'un restaurant au bord de l'Alster avec son patron, le replet M. Kranstöver. Comme il s'agissait d'un restaurant huppé, un pianiste vivant était assis au clavier d'un vrai piano qui, sur le principe, jouait la même chose que ce que Jonathan avait pu entendre au Kleines Haus. Il jouait du bout des doigts, mêlant sa musique au bruissement de la fontaine que le propriétaire avait fait installer sur la terrasse. Qu'il est rare que l'on puisse rester assis, la nuit, à Hambourg ! Et qu'il est tranquillisant qu'il y ait dans ce monde des gens avec lesquels on s'entend, même sans avoir à beaucoup parler. Ulla fit tinter son bâtonnet de verre sur la coupe à cocktail : cochon de lait, frais comme s'il était encore en vie et cuit dans une pâte au miel de fleurs sauvages. Et elle se proposa d'aller passer en revue la chambre de Jonathan le lendemain matin – cela faisait longtemps qu'elle n'avait pas lu son Journal, elle allait savourer cela.

M. Kranstöver se réjouissait d'avance de l'exposition, qui était à présent déjà « montée » – Mexique ou pas Mexique – et ne cessait de répéter qu'il ne s'en serait jamais aussi bien sorti sans Ulla. Leur collaboration avait fait ses preuves ! Qui l'aurait cru, à l'époque où elle s'était retrouvée assise dans le bureau du patron ? Savait-elle, au juste, qu'elle le devait à son anneau ? En le voyant, il avait compris : Mais bien entendu ! Au cours des journées suivantes, il allait filer en France. Près des Pyrénées, dans la région de Béziers, là où les Cathares avaient jadis été massacrés, il possédait une ravissante maison à travers laquelle soufflait le vent tiède, il s'y clochardiserait et vivrait pieds nus. L'admirable pain blanc qu'on trouvait là-bas, et les haricots, et le vin sublime. Et puis repartir ensuite pour le sprint final : écrire l'essai d'introduction à l'exposition sur la cruauté, sa huitième *grande* œuvre.

Ah ! La France… Un grand peuple… Que ces gens aient eu une sensibilité telle qu'ils considéraient même les dérapages linguistiques comme « cruels »… Le « barbarisme »… Nous autres Allemands, mal dégrossis et vulgaires comme nous le sommes, c'est le climat qui nous paraît « cruel » dans nos régions. Ce mot tellement important, ce mot effrayant, nous le ramenons chez nous vers le vulgaire et nous le privons de sa valeur : « Il fait aujourd'hui un froid cruel », que l'on puisse dire une chose pareille en Allemagne est tout de même un sacré morceau qui incite à faire des projections sur d'autres domaines des sentiments, la capacité à aimer, par exemple, qui manifestement ne s'en sort pas trop bien non plus. L'amour comme pendant à la cruauté ?

Laisser, pour une fois, derrière soi les nombreuses petites choses qui vous rendaient la vie tellement amère ici, dans le Nord. Les gens des journaux avec leurs critiques idiotes et le public désormais totalement abruti, et les agents de l'administration municipale qui vérifiaient ses notes de frais, pourquoi donc prenait-il toujours le taxi pour se rendre au musée, et ce grand appartement à Rahlstedt, était-ce bien nécessaire alors qu'un logement était à sa disposition dans les mansardes du musée ?

M. Kranstöver faisait en sorte qu'Ulla Bakkre de Vaera l'accompagne en France, sa Peugeot gigantesque, qu'il allait aller chercher tout de suite pour la raccompagner chez elle, le convaincrait peut-être que cela valait la peine de passer quelques jours avec lui dans ce pays. Il commencerait par lui faire miroiter le logement en mansarde, le *penthouse,* comme on aurait aussi pu le dire, l'attirer et la chauffer avec ça avant de débouler derrière elle et de dire : La France. Il se vit installé dans la chaise longue, à l'ombre de vivaces sauvages, le regard dirigé vers les lointaines montagnes, et il la vit sortir de la maison de plain-pied, franchir le seuil vermoulu, vêtue d'une longue robe et, absolument, pieds nus, portant dans ses mains un grand poisson qui vit encore et qu'elle va abattre avec un couteau affûté… Cette vision deviendrait réalité, il y parviendrait, il fallait qu'il y parvienne.

Ulla, elle aussi, pensait à un grand poisson, mais de manière beaucoup plus concrète. Il fallait mettre un terme à cet emploi à mi-temps, c'était le cap, vingt-neuf ans et toujours pas de poste fixe ? Elle contempla à travers le verre à tige fine son patron qui, regardant pour sa part à travers ses lunettes en demi-lunes, piochait dans sa truite qui levait vers lui un œil blanchi par la cuisson et se demandait s'il laissait derrière lui, comme Jonathan, ses chaussettes sales sur le bureau, ainsi que l'Ohropax jauni et déformé par le canal auditif ? Il ne portait pas de prothèse, elle avait déjà pu le constater. On n'aurait pas à craindre d'odeur de bouche.

Elle n'aurait pas cru possible, dit-elle donc, que le fatras de matériau qu'elle lui avait fourni lui permît de concevoir une exposition aussi claire et aussi convaincante. Le courage d'abandonner, l'énergie qui permet de relier l'amorphe et de diagnostiquer l'insolite. S'il parvenait encore à lancer la partie mexicaine, on pourrait sans détour parler d'un événement artistique, « l'exposition comme œuvre d'art », puisque non seulement elle rendrait justice aux différents objets exposés, mais elle les regrouperait en un collage, en un propos global – et d'une tout autre nature ! Cela touchait au génie, la manière dont, en sautillant en avant et en arrière, il avait dompté la pléthore de matériel au profit d'une idée claire et humaine : que l'injustice et la cruauté ne se reproduisent jamais dans ce monde.

Et ainsi de suite, et cætera ?

Ce compliment éveilla chez M. Kranstöver un sentiment d'allégresse et il raconta où, quand et comment il avait disposé les sept autres expositions – il dit cela en recourbant les doigts –, des expositions qui avaient ensuite fait fureur, et ajouta que Meckel était un boulet absolu, un incapable comme on en voit dans les livres et qui aurait probablement échoué à remplir cette mission.

Meckel ? demanda Ulla et, Dieu soit loué, elle se rappela que cet homme sévissait à Bochum et la raison pour laquelle il fallait le refuser. N'avait-il pas même un défaut de prononciation ?

Arrivé à la compote, M. Kranstöver considéra que la cruauté était un domaine spécifiquement masculin, provenant peut-être d'un excédent de forces ou d'une inoccupabilité – oui, il dit bien « inoccupabilité » –, un phénomène qui ne survenait pas chez la femme, étant donné que la femme normale était presque continuellement occupée à élever ses enfants et, sensible aux affaires de sa couvée, faisait dans une certaine mesure preuve d'empathie.

« Tandis que l'homme est assis près du feu et taille des flèches, elle allaite le petit garçon…

– Pas toujours ! » s'exclama Ulla. Ce n'était pas toujours le cas, compléta-t-elle, et elle avait en tête des exemples qui prouvaient le contraire : cette commissaire de la Tcheka – est-ce qu'elle ne s'appelait pas Dora ? – à Minsk, et Ilse Koch, la chienne des camps de concentration – des femmes ! Malheur quand elles se déchaînaient !

Elle croyait que jusqu'à la fin, quand on arrive à la dernière extrémité, il restait toujours en l'individu de sexe masculin une once de loyauté. Il suffisait qu'elle pense aux gardiennes de parcs, ces hôtesses en uniforme bizarre qui faisaient la chasse aux salisseurs. Lorsque ces femmes distribuaient leurs contraventions, on aurait bien pu se mettre à genoux, c'eût été comme tenter d'infléchir des statues de granit.

« Mais, mademoiselle Ulla, dit Kranstöver en prenant enfin sa main, ces femmes sont tout de même les fameuses exceptions qui confirment la règle, des femmes-hommes dont l'équilibre hormonal est déréglé. »

Ulla lui serra la main comme pour dire bonjour. « Que savez-vous de tout ce qu'il peut y avoir dans une femme ? » dit-elle, et elle pensa à Charlotte Corday. À ce tableau de David où l'on voit Marat assassiné dans son baquet.

Assassiner ! pensa-t-elle. L'assassinat en soi ne constitue pas un acte de cruauté. Reste à savoir comment on le pratique – et elle se dit qu'elle devrait peut-être organiser son fichier autrement. Jeunes filles en uniforme, femmes contre femmes : c'était un point de vue auquel elle n'avait jamais songé. Si elle ne le faisait pas, on viendrait au bout du compte la houspiller avec la parité !

Ils consacrèrent le reste de la soirée à parler d'aspects annexes de la cruauté, des crimes spécifiques commis dans le monde sain et intact de la brave bourgeoisie : licencier des femmes enceintes, par exemple, ou bien le délit de fuite, cette spécialité des hommes qui continuent froidement leur route alors qu'une personne se tord de douleur sur la chaussée. On voyait ici, sous une forme particulièrement répugnante, de quoi est capable l'être humain qui a l'apparence de la décence.

La méticulosité – n'était-ce pas là encore une forme de cruauté, il faudrait y réfléchir un jour, ultérieurement, dit M. Kranstöver. Il pensait que la méticulosité outrancière était elle aussi joliment cruelle, parce qu'elle était dirigée contre les sens. S'en tenir à un quelconque codicille légal alors que la vie s'offre à vous dans toute sa rondeur ?

Dans le même temps, il pensait à l'appartement mansardé du musée, cette vue admirable sur la totalité de Hambourg ! Et il se promit de l'offrir dès le lendemain à la jeune femme.

8

Jonathan arriva à l'heure dite à l'aéroport, vêtu d'un cache-poussière et d'un nœud papillon à pois. Il paya le taxi et entra dans le bâtiment bardé d'antennes.

Les portes électriques s'écartèrent servilement et de l'air chaud, porteur d'une tonalité mélodieuse, coula à sa rencontre. Les panneaux indicateurs effeuillaient les tout derniers retards en date. Jonathan se promena dans le hall reluisant, sans se laisser impressionner par les manières utopiques des gens venus réserver ici des séjours bon marché en Tunisie, des gens attifés en vacanciers et dont on hélait les enfants aux prénoms de Denis et Jacqueline.

Un Turc passa gentiment devant lui au volant d'un engin avec lequel il astiquait le sol. Il chantait doucement, pour lui tout seul. Faire cela ici était sûrement plus agréable que cultiver les champs dans l'austère Anatolie ! songea Jonathan. À l'avant, des buses crachaient une émulsion blanche à l'aide de laquelle on éliminait la crasse de semelles venues de tous les coins du monde : les derniers insectes microscopiques couraient pour sauver leur vie.

Au guichet de banque, Jonathan changea dix billets de cinq marks, comme on le lui avait conseillé. Il acheta des journaux dans un kiosque. Et puis, ce qui lui illumina la journée, il se retrouva à côté du footballeur Manni Koch, cet homme qui avait raté son tir au but à la dernière coupe d'Europe ; lui avait besoin de lames de rasoir. Avoir rencontré cet homme justifiait à soi seul le voyage.

Au restaurant de l'aéroport, Jonathan retrouva comme convenu l'équipe des établissements Santubara, Mme Winkelvoss et Hansi Strohtmeyer. Ils se disaient déjà, Oh mon Dieu, ce littéraire, pour l'amour de Dieu, il n'y arrivera pas, il va rater le départ, il croira peut-être que c'était pour le lendemain, ou alors il avait pris l'avion la veille, bien qu'on lui ait donné des indications extrêmement précises sous l'intitulé « top 1.13 », en soulignant au marqueur rouge les mots « 9 h 30 restaurant de l'aéroport ». Ils bondirent sur leurs jambes et lui offrirent leur place respective, bien qu'il y en ait encore eu deux libres à la table ; peut-être étaient-ils un peu déçus qu'il soit arrivé, on ne savait pas vraiment.

Mme Winkelvoss, une femme de petite taille, rayonnante. (À sa vue, Jonathan rajusta son nœud papillon.) Elle était enveloppée d'un corsage abondamment pourvu en volants et en voiles parfumés, qu'elle portait avec des bottes de lansquenet en cuir de Russie munies de boucles d'or.

« C'est vous qui avez commandé ce beau temps ? »

Hansi Strohtmeyer, le chauffeur à la stature puissante, se tenait presque timidement à côté d'elle. Ce n'était d'ailleurs pas du tout un chauffeur – que Jonathan l'ait cru amusa Mme Winkelvoss –, mais un homme payé à prix d'or pour effectuer les tests, un pilote de course. Trois accidents gravissimes et toujours en pleine forme. Il était déjà allé dans le Sahara, pour ce rallye-raid, comment s'appelait-il, où l'on avait compté dix-huit morts : camions, motos, voitures, tout cela mélangé sur les dunes de sable aux motifs dessinés par le vent, filmé depuis l'hélicoptère, et il était resté coincé dans un fleuve en Amérique du Sud.

Ils mangèrent tous les deux du saumon fumé engraissé en Norvège à la bouillie vitaminée, et parlèrent de leur patron, l'homme qui avait conçu et organisé cette histoire de Prusse-Orientale et qui lui adressait d'ailleurs ses salutations. Il faisait savoir à Jonathan qu'il devait prendre ce voyage en Pologne à rebrousse-poil. Le patron avait le sens des réalités, on le vit à l'enveloppe contenant cinq cents marks qu'il fit remettre à Jonathan en guise d'avance. Tout le monde le sait, les littéraires n'ont jamais un sou en poche.

Jonathan commanda un pâté ; Mme Winkelvoss, qui avait utilisé un parfum agréable, lui remit un dossier Santubara avec des dépliants, des cartes, le billet d'avion – « etc., etc., etc. » – ainsi que le passeport dans lequel avait été apposé le visa. Bien que les Polonais aient été des personnes gentilles, inoffensives, hospitalières et pleines de tempérament, on lui mit des choses folles en tête et on lui demanda de ne surtout, surtout pas faire ceci ou cela à « Gdańsk ». Et qu'il ne perde pas le passeport, sans quoi il ouvrirait la porte de l'enfer ! Les deux employés de la société le considéraient apparemment comme un aimable raté pour lequel l'idéal eût été de lui accrocher au cou une sacoche contenant son billet d'avion.

Mme Winkelvoss, Anita de son prénom, estimait qu'on devait le garder un peu à l'œil. Elle le menaça même en pointant l'index.

On comptait donc à présent partir pour la Pologne, et à proprement parler en Prusse-Orientale, autrement dit en « terre allemande ». Ils se réjouissaient tous les trois de cette tournée, c'était tout de même hors du commun : qui peut bien voyager aujourd'hui en Prusse-Orientale ? Il était curieux de découvrir ce qu'il y avait à voir. On dit que les Polonaises sont jolies comme des cœurs, mais qu'elles décampent au bout de trois ans.

« Ces gens ne se doutent absolument pas que des Allemands ont vécu ici autrefois. »

Voulait-il encore acheter quelque chose ? Des cigarettes ? Du sparadrap ? Est-ce qu'on est complètement perdu, ensuite, de l'autre côté ?

Ce n'était pas nécessaire. Les deux employés de la Santubara connaissaient des boutiques spéciales qui se trouvaient dans les hôtels Orbis où l'on pouvait acheter en devises occidentales tout ce que le cœur pouvait désirer. Par ailleurs, les Polonais n'étaient pas nés non plus de la dernière pluie : on racontait des histoires de marché noir, du pain, du beurre, de la saucisse, des provisions gargantuesques qu'on payait un mark soixante-quinze le tout et qu'on emportait pour aller s'empiffrer dans les fossés.

Ne pas oublier de rapporter des saucisses de Cracovie. On ne trouve nulle part en Europe une saucisse comme celle-là !

Ils étaient bien entendu arrivés en avance et durent attendre une heure et demie supplémentaire. Encore une bière, et encore une bière.

À la table voisine, cette famille étrange avec l'enfant manifestement handicapé mental qui bavait en regardant dans le vide ? Est-ce qu'ils comptaient emporter quelque part ailleurs cet enfant qui ne maîtrisait pas les traits de son visage et portait une tunique de cuir pour se protéger des blessures ? Ce que ça doit coûter, se dirent-ils tous les trois, vous vous rendez compte, quand on pense qu'en Inde les gens n'ont rien à manger !

Soupe à la crème de tomate et filet mignon, charcuterie sur planche de bois : si petite qu'elle eût été, Mme Winkelvoss dévora une montagne de glace, jaune, brun et vert, surmontée d'une ombrelle en papier qu'elle lécha avant de la glisser dans son sac à main ; elle rotait de délicieuse manière et ne cessait de parler de « Gdańsk », tout ce qu'il y avait à voir là-bas, c'est-à-dire ce qu'il fallait y caresser à rebrousse-poil, et elle répéta ce à quoi elle-même devait faire attention.

Adios, Madonna,
    C'était un bon moment !
Adios, Madonna,
    Pourtant je t'ai laissée partir…
Dans ses bras désormais tu es heureuse
Et j'ai laissé faire,
Adios, Madonna !
    Je ne me comprends plus moi-même !

Mme Winkelvoss retroussa ses manches et alluma un cigarillo au format cigarette. Elle passa un dernier coup de téléphone à Mutzbach, ce qui lui permit de raconter qu'elle avait vu le footballeur Manni Koch à la cafétéria, ce pauvre garçon qui avait raté son tir au but, elle n'aurait jamais cru qu'il fût aussi petit. Comment vouliez-vous qu'il s'en sorte face à ces grands gaillards ! Que Jonathan Fabrizius, cet homme de lettres singulier, ait pris Hansi Strohtmeyer pour un chauffeur, il allait bien entendu aussi falloir que ça se sache, la nouvelle circulait d'ores et déjà à Mutzbach.

Jonathan tenta encore une dernière fois de joindre son amie – les adieux avaient été un peu brefs. Elle n'était pas chez elle, et au musée on ne pouvait pas la déranger, elle était probablement en train d'inspecter avec M. Kranstöver une collection de peintures provenant des États-Unis. Des représentations d'exécutions sur la chaise électrique, qui peuvent durer jusqu'à dix minutes, on a peine à le croire. Des tableaux pour lesquels les peintres s'étaient inspirés des *Trembleurs* d'Otto Dix.

Mme Winkelvoss sortit faire encore « de petites taupes » en vitesse et Jonathan acheta de l'eau de Cologne, une boîte de dix flacons minuscules. Puis la fine équipe se déplaça vers la porte 39, où il fallait encore attendre une demi-heure.

Mme Winkelvoss dit que c'était un sentiment singulier d'être prise entre deux si beaux hommes.

Dans les box réservés à la fouille, Jonathan ouvrit son manteau devant le policier à la manière d'un exhibitionniste et remercia l'homme de servir dans ces lieux, ça devait être follement ennuyeux. (Il ne demanda pas s'il avait déjà coincé quelqu'un un jour, cette question, le policier devait sûrement en avoir plein le dos.) Sur l'écran de contrôle, il tenta de voir à quoi ressemblait son sac dans cette situation de distanciation. Comme chaque fois qu'il se rendait à l'étranger, Jonathan regarda le policier allemand chargé du contrôle des passeports avec une certaine mélancolie. On allait à présent se soumettre à une souveraineté étrangère, être un hôte, c'est-à-dire devoir la fermer plutôt que jouer le fanfaron : quand on avait déclenché une guerre mondiale, assassiné les Juifs et piqué leurs vélos aux Hollandais, on n'avait pas les meilleures cartes entre les mains. Pourquoi s'était-il embarqué dans ce voyage ? Pouvait-il encore faire marche arrière ?

Jonathan se sépara de son escorte et s'installa dos à la fenêtre panoramique – il pouvait ainsi observer tranquillement les gens venus voir les jets rouler sur le tarmac ou ces véhicules spéciaux, d'une largeur phénoménale mais d'une hauteur minuscule, s'activer ici et là, ou encore le blindé de la Protection des frontières cuire au soleil. Les gens qui attendaient ici de décoller pour Danzig n'avaient pas la même allure que les personnages utopiques dans le hall d'enregistrement, pas très élégants, plutôt campagnards – un peu comme ces *madkas* russes qui font le vol Tbilissi-Moscou pour y vendre cinq livres de fraises. Ils avaient l'air étrangers, ces gens, *strange*, comme le formula Jonathan en son for intérieur : un enfant polonais avec un très grand nounours rose sous le bras et une boîte à musique à l'intérieur : *Happy Birthday to You*, un homme chaussé de cuir blanc. Une femme portait un chapeau rouge, elle n'aurait pas attiré l'attention s'il s'était agi d'une touriste canadienne à Munich, mais ici, compte tenu de la gravité de la situation, cela paraissait décalé, voire stupide. Son regard resta longtemps attaché à une vieille femme tout de noir vêtue. Peut-être avait-elle dû se cacher pendant la guerre ? À moins qu'elle n'ait gardé une Allemande en esclave après la guerre ? À moins que ce n'ait été une Allemande qui ait voulu voir la propriété de ses parents, celle dans laquelle on avait logé des prisonniers de guerre allemands dans des baraques en planches ?

Tous les Polonais regroupés ici pour revenir dans leur patrie avaient dans leurs bagages quelque chose qu'ils n'avaient normalement pas le droit d'avoir. À Hambourg, ils avaient joué les matamores, après tout les Allemands avaient ruiné leur pays et n'avaient toujours pas payé de réparations. Maintenant, avec la perspective d'une rencontre imminente avec les policiers polonais de l'aéroport, ils paraissaient plus naïfs et même plus pieux qu'ils ne pouvaient l'être dans la réalité.

L'appareil de la compagnie aérienne LOT était parqué sur la marge la plus extrême de l'aéroport, comme en quarantaine, et donnait une impression d'étrangeté, ce n'était pas un Boeing, mais un modèle russe, tout à fait semblable à un Boeing et pourtant nettement différent, il manquait le dernier coup de crayon, le design occidental, enfin, quel que fût le nom qu'on lui donnait, c'est-à-dire un peu trop court sous l'empennage et doté sous le cockpit d'une sorte de boudin qui donnait l'impression d'un double menton. Et à l'intérieur, les sièges n'étaient pas numérotés ! Ce qui expliquait aussi la pagaille. « Il y a même des poules dans l'allée ! » entendait-on.

Jonathan rangea son manteau dans le compartiment supérieur, ce qui déclencha une pluie de billets de cinq marks, puis se faufila vers son siège.

« Mais ce sont des fauteuils pour Pygmées ! »

Quelqu'un lui enfonçait ses genoux dans le dos, et une haleine chargée d'ail lui arrivait par l'avant ! Ensuite, un gars d'allure caucasienne s'assit à côté de lui, un type aux dents d'argent, l'un de ceux qui abattent des agneaux en leur tranchant la gorge avant de les laisser se vider de leur sang, un bonnet persan noir sur la tête et un sac informe sur les genoux : lui trouvait inconcevable que Jonathan soit assis côté hublot. Avec cet homme splendide dont le plat préféré était peut-être le beurre rance, il n'y eut pas de discussion, il fallut immédiatement résoudre des conflits d'accoudoir. Hansi Strohtmeyer et Mme Winkelvoss étaient assis plus loin à l'avant, à côté de la sortie de secours, le « point de rupture obligatoire », comme le dit en plaisantant le pilote de course. Lorsque Jonathan se rendit rapidement aux toilettes avant le décollage, il lui cria : « Eh, on n'est pas encore arrivé ! »

Tandis qu'ils volaient au-dessus de la Baltique, le calme revint – « Navette maritime Prusse-Orientale[8] » –, l'Occident civilisé était englouti, l'Est et sa rugosité se rapprochaient. Jonathan pensa aux églises de brique, à ces déesses nordiques qui, aujourd'hui encore et comme elles le faisaient depuis des siècles, gonflaient fièrement leurs seins en direction de l'Ouest. Il se rappela le slogan : La Baltique est la mer de la Paix. Et il se représenta les navires de la fraternisation entre les peuples qui, couverts de fanions multicolores, transportaient d'ici à là-bas et de là-bas à ici des travailleurs qui chantaient et criaient *droujba !*, mangeaient des escalopes de porc garnies de frites, tiraient, la nuit, des fusées à la gloire de l'amour humain, et entonnaient sur tout cela des chansons accompagnées à la guitare qui parlaient du peuple, lequel ne voulait pas entendre parler de la guerre, ces navires qui labouraient les flots limoneux dans les profondeurs desquels guettaient çà et là des sous-marins qui, peut-être, approchaient discrètement, discrètement, discrètement, des îlots rocheux de ce pays pacifique qu'était la Suède – on sort le périscope un instant et, d'un coup, on le rentre – et prenaient leurs aises dans des failles où ils n'avaient rien à faire : ouvrir une trappe et laisser sortir de minuscules blindés amphibies, préparer des dépôts d'armes au cas où…

« Quand nous aurons la Suède, la Finlande nous tombera entre les mains comme un fruit mûr. »

Au même moment, des cargos sortaient du pays scandinave de la paix, transportant un mystérieux chargement dissimulé sous du drap de voile brun, des obus d'une puissance de frappe singulière, des mines antipersonnel à retardement et de petites fusées que n'importe quel écolier était capable de mettre à feu et avec lesquelles on pouvait aller chercher dans le ciel des jumbo-jets remplis de touristes et d'hommes d'affaires : du matériel de guerre destiné à permettre à des États pacifiques amis de se défendre contre les ennemis de classe qui les guettaient avec des armes identiques, contre des États impérialistes qui comptaient les absorber, les exploiter ou les asservir. Jonathan se dit que les photoreporters avaient toujours réussi à dénicher, dans les décombres des avions écrasés, une poupée aux bras arrachés qu'ils pouvaient ensuite publier en grand format dans le journal, et qu'on lisait toujours dans les commentaires que sept personnes étaient portées disparues, sept personnes dont on n'apprenait jamais, par la suite, si elles avaient finalement été retrouvées, attablées dans un bistrot, peut-être, buvant une bière pour célébrer leur survie, ou bien errant dans les roseaux, la chemise battante, une seule chaussure au pied. On les voyait dans les magazines illustrés, ces poupées déchirées avec leurs grands yeux chargés de sommeil et d'interrogations, elles et pas des têtes humaines en bouillie, elles, parce qu'elles dépassaient l'atroce par le sublime. Les images de têtes en compote et de mains arrachées, on les rangeait dans les dépôts. Jonathan se demanda s'il pourrait y avoir accès, à l'aide de sa carte de presse et d'un prétexte quelconque. Il écrirait alors une chronique sur les « photos qu'on nous a cachées ».

Jonathan baissa les yeux vers la mer houleuse aux couleurs vert et bleu, il imagina combien il devait être difficile de faire le trajet à bord d'un canot à rames, devant l'enfant, derrière la femme, en pleine nuit, dans ces eaux tout de même assez vastes : la fuite ! L'attestation de droits à la retraite dans un sac étanche ? Et l'on pourrait lire dans le village danois de Gedser : « … on a pu les repêcher dans l'eau glacée, à bout de forces… »

Et puis les policiers du Schleswig-Holstein, devant leurs thermos, ces hommes qu'on pourrait au choix qualifier d'idiots de l'Ouest ou de chèvres de l'Ouest, demanderaient : « Pourquoi avez-vous pris ce risque ? Ici, à l'Ouest, tout ce qui brille n'est pas d'or non plus ! Mais qu'est-ce que vous vous êtes imaginé ? » Et on leur collerait peut-être en plus un procès sur le dos, à cause de l'enfant dont on avait mis la vie en péril avec une grande légèreté d'esprit ? Nous vivons dans un État de droit, quand même ?

Jonathan se représenta aussi l'autre fuite, celle de 1945, les grands paquebots gémissants, chargés jusqu'au pont supérieur de réfugiés entassés dans la salle à manger en acajou, les uns sur les autres, les uns sous les autres, soupe aux pois et pain sec, les femmes coiffées d'un foulard, les petits garçons d'un bonnet de ski ; une seule valise par personne, merci de laisser les poussettes sur le quai.

Muss i denn, muss i denn zum Städtele hinaus[9]...

Laisser aussi les charrettes sur le quai, avec les caisses et les bahuts dessus, les pilons de bois destinés à pétrir la chair à saucisse, par exemple, ces ustensiles ménagers qu'on a traînés sur les routes gelées, tout laisser sur place, la commode et l'horloge aussi. Mais emporter la petite serviette contenant les bijoux, la montre en or du grand-père, l'améthyste et l'émeraude qui n'avaient peut-être rien d'authentique.

« Pas d'inquiétude, les chevaux, on s'en occupera », disent les soldats.

Ça fait de la peine tout de même, d'abandonner les deux moreaux, ils ont baissé la tête, ils comprennent bien qu'on est en train de les laisser tomber et que cela a un peu le goût d'une trahison. Et le pays des pères, sur les rives du fleuve ? C'était de la bonne terre. On a laissé les porcs et les bœufs sur les planches de l'étable et on leur a versé de la nourriture.

Jonathan ne put s'empêcher de penser au sous-marin de la Flotte rouge qui s'était choisi le plus grand des navires de réfugiés[10]. Et le commandant avait crié : « Feu ! », il y avait eu un boum et le navire s'était couché sur le flanc, avec son pont de promenade, sa piscine et sa salle à manger en acajou ; les soupières avaient glissé au sol avec les couverts, on n'avait pas eu le temps de jouer un choral !

Plus près de toi, mon Dieu !

Moins dix-huit degrés, les gens sautaient dans l'eau où les blocs de glace les broyaient, une jambe ici, une tête là. Et le commandant du sous-marin soviétique a reçu une médaille pour cet acte héroïque, et il se réjouit encore aujourd'hui, en nourrissant les pigeons à Leningrad, d'avoir si bien rempli sa mission. Les chercheurs de trésors et leurs robots ne se fatiguent pas avec cette épave-là, ils ne trouveraient que des ossements, à cinquante-cinq mètres de profondeur, à la rigueur une serviette contenant la montre d'or du grand-père, émeraude et améthyste, qui n'étaient peut-être même pas authentiques. Pas de lingot d'or, pas de chambre d'ambre, il n'y a rien d'autre à récupérer que des os, tout investissement serait de l'argent jeté par les fenêtres.

Étrange, se dit Jonathan, qu'on n'ait pas ancré une bouée au-dessus de l'épave, « En mémoire des 5 438 personnes qui périrent ici », était-ce encore possible d'un point de vue technique ? La vie n'est pas supportable si l'on ne passe pas l'éponge, se dit-il, et il vit son oncle porter sa mère morte dans l'église, cette femme qui y était restée, dont on n'avait même pas tenu compte dans les statistiques, qui n'avait survécu que sous la forme d'un instantané, et encore, juste de temps en temps.

Jonathan regarda en dessous, vers la mer de la Paix. Quel dommage, se dit-il, qu'ils n'annoncent pas si nous sommes encore au-dessus du Mecklembourg ou déjà en « Pologne ». Il y avait une ville en dessous de lui, probablement « Szczecin[11] », au bord de l'« Odra », ou peut-être « Kohlwietze », ou quel que fût le nom qu'on donnait aussi à Kolberg. Une ville au centre de laquelle trônait une déesse nordique qu'il faudrait faire ressurgir des profondeurs et porter à la lumière pour que l'humanité s'en réjouisse ? À présent, on ne la distinguait pas à cause des nuages toxiques que l'on envoyait d'en bas vers les cieux. « Szczecin » – il n'avait pas été question de ça à Yalta, les Polonais se l'étaient mis dans la poche, alors que c'était de ce côté-ci de l'Oder. Ça se paierait peut-être un jour ou l'autre ? Peut-être devraient-ils un jour refaire leurs bagages et tout évacuer « dans l'heure » ?

On voyait aussi un fleuve, il charriait vers la mer une boue jaune et de plus en plus large.

Les hôtesses apportèrent un en-cas aux normes occidentales, des sandwichs sous cellophane et même une barre de chocolat. Jonathan glissa le chocolat dans sa poche. Il pourrait le distribuer à des enfants polonais. Le café avait un goût singulier. Pour ce qui concernait les hôtesses : on ne pouvait pas dire qu'elles étaient ravissantes, elles avaient manifestement sauté dans leur évolution le stade de l'Aphrodite et étaient immédiatement sorties de la glaise.

Mme Winkelvoss, deux rangées derrière lui, empocha elle aussi le chocolat. Un emballage orné de fleurs ! Elle l'apporterait à son patron pour qu'il voie à quel point ils étaient arriérés, ici, c'en était touchant. Elle avait une discussion assez animée avec Hansi Strohtmeyer à propos du chef de département qui avait imaginé le voyage promotionnel qu'ils préparaient à présent, des huit-cylindres dernier cri sur fond de villes délabrées : un homme passablement énergique qui avait de bons côtés. Pour le reste, elle répétait la liste des premières choses à entreprendre à Gdańsk afin de ne rien oublier. M. Strohtmeyer voulait qu'elle lui dise si elle avait vu le footballeur Manni Koch ? Cet homme qui avait manqué son tir au but ? Il l'avait rencontré aux toilettes, il avait l'air d'une personne tout à fait normale.

Mme Winkelvoss se retourna et demanda à Jonathan, par mimiques, si tout allait bien.

Oui, il allait bien, gesticula Jonathan en retour, on allait y arriver comme il faut.

Le Caucasien assis à côté de lui dédaigna la nourriture moderne de la LOT emballée dans de la cellophane. Il avait une saucisse et du pain, et s'en découpa un morceau de chaque sur le pouce avec son couteau de poche. Les femmes chantaient dans les champs de coton, Saleika était la plus belle.

9

Danzig, d'abord polonaise, puis allemande, puis libre, puis de nouveau allemande et de nouveau polonaise. L'aéroport de Danzig était une baraque sur laquelle on avait apposé le mot « Gdańsk », sans qu'il y ait le moindre jet roulant sur le tarmac ni le moindre véhicule comprimé dans des dimensions grotesques.

Comme si Bad Zwischenahn avait un aéroport, se dit Jonathan. Et Hansi Strohtmeyer demanda : « Et eux, qu'est-ce qu'ils font, ici, l'hiver ? »

Un peuple, un Reich, un Führer ! Kniebolo, bonnet d'aviateur sur la tête, descend de son Ju 52, fouet en cuir à la main, et tous les écoliers écrivent une rédaction : « Le Führer au-dessus de l'Allemagne[12] ».

> Aux appareils, aux appareils !
> Camarade, il n'y a pas de retour[13] !

Les parachutes glissent hors du fuselage, l'un après l'autre, et les caporaux descendent au sol dans un mouvement de pendule, le couteau pliable dans la poche latérale de leur pantalon. En Crète, les paysans arrachent les yeux des blessés…

La femme au chapeau rouge et l'enfant au nounours rose : un garçon immensément disgracieux. La langue polonaise grossière : c'est à peu près l'effet qu'a dû faire l'allemand aux Français, à l'époque, en 1940. On emmena la vieille femme en noir loin du tarmac, elle passa devant les contrôles et une limousine russe la prit au passage, le chauffeur ôta sa casquette lorsqu'elle monta.

Il fallut attendre longtemps la livraison des bagages. Il y avait un seul homme pour le faire, manuellement, arc-bouté devant les chariots rouillés. On l'aurait volontiers aidé à pousser. Dans le hall de réception, on était assis comme au cinéma, beaucoup de contreplaqué et de linoléum, et l'on pouvait voir les douaniers qui farfouillaient dans les valises, celles des femmes plus longuement que celles des hommes : la délégation de Hambourg en dernier, s'il vous plaît. Les jeunes policiers dans les cabines en carton, contrôler chaque passeport page après page – quoi ? New York ? – et noter combien d'argent ces fous d'étrangers faisaient entrer, et relever les appareils photo, les numéros de série, etc., afin qu'ils ne soient pas vendus pour une bouchée de pain à l'intérieur du pays ou, pourquoi pas, échangés contre des marchandises coûteuses, perturbant ainsi un équilibre socialiste qu'on avait eu bien du mal à établir. De l'ambre, par exemple, contre des calculatrices de poche, ou bien des renards argentés avec lesquels on se rend à l'opéra à Francfort.

Et de la saucisse.

La troupe des établissements Santubara fut effectivement la dernière à passer. Est-ce qu'ils voulaient des bons d'essence ? leur demanda-t-on. Mme Winkelvoss trouva cela fabuleux, elle n'avait strictement rien à redire aux bons d'essence, comme ça, au moins, on ne pouvait pas voler l'argent, et peut-être ces bons permettaient-ils d'être prioritaire à la station-service ? Elle acheta tellement de bons qu'elle aurait pu faire le tour du monde avec, bien que son Hansi Strohtmeyer n'eût pas cessé de lui faire signe qu'elle devait oublier ça !

On se demande bien pourquoi ils n'ont pas mis ça en place en Allemagne, les bons d'essence ! dit Mme Winkelvoss, on pourrait procurer aux ouvriers du carburant meilleur marché et soutirer une jolie somme aux propriétaires d'usine et aux notables – et puis réguler la pollution, d'une certaine manière. Que les Polonais obtiennent à titre individuel trente litres seulement d'essence par mois, mais c'était admirable, on pouvait supposer qu'ils n'avaient pas besoin de plus, sans ça on leur donnerait certainement davantage.

Elle indiqua à l'oreille de Hansi Strohtmeyer, puis de Jonathan, en chuchotant et avec des airs de conspiratrice, le cours de change qu'elle avait obtenu l'été précédent au marché noir : 1 000 zlotys pour 10 marks, et Hansi Strohtmeyer parla du Maroc, où l'on pouvait aussi changer son argent à bon taux, mais il arrivait que ce soit de la fausse monnaie, et il lâcha ensuite une plaisanterie sur le fric où il était question d'une chaise électrique qui ne fonctionne pas.

Il connaissait aussi des blagues polonaises : « Qu'est-ce qu'il y a dans cette boutique, monsieur ? – Pas de chemises. Pas de chaussures, c'est à côté. »

Lorsqu'une heure se fut écoulée, Mme Winkelvoss dit qu'à Hambourg également, les formalités d'arrivée duraient très longtemps, et qu'en Turquie il lui était arrivé de passer toute une nuit à l'aéroport. Mais les Arabes, lors de l'escale à Abou Dhabi, lui avaient paru inquiétants. Comme des personnages des *Mille et une nuits*.

Hansi Strohtmeyer jouait avec une boîte d'allumettes qu'il lançait en l'air avant de la rattraper. Lorsqu'il l'eut fait suffisamment longtemps, il en sortit une allumette, la coupa en deux et s'en servit pour se curer les dents.

Au bout d'une demi-heure supplémentaire, Mme Winkelvoss dit : « Les Polonais sont vraiment incapables d'organiser les choses... Je trouve ça fabuleux. » Elle avait ôté ses chaussures et faisait des exercices d'orteils. Jonathan observa les petits pieds fermes.

Dehors ils étaient attendus comme des oncles d'Amérique par de jeunes gens qui voulaient changer de l'argent, mendiaient des cigarettes et réclamaient des calculatrices. Un voyagiste polonais avait lui aussi fait son apparition, il appelait Hansi Strohtmeyer « Papy », il portait un insigne au revers, c'était un délégué du ministère du Tourisme venu souhaiter la bienvenue à la petite équipe. On chuchotait que cet homme avait jadis été général et qu'il n'était pas tout blanc. Qu'il avait été général, puis qu'il avait fait de la prison pour une raison quelconque, puis qu'on l'avait remis en liberté et qu'il avait atterri dans le tourisme.

Sur le parking étaient garés deux fantastiques huit-cylindres Santubara pourvus de pneus superlarges ; on les avait acheminés à travers la RDA, et ils étaient au poste, ponctuels et rutilants. Les techniciens qui les accompagnaient saluèrent Hansi Strohtmeyer, ce héros de l'automobile, ainsi qu'Anita Winkelvoss, la petite rigolote, et ils observèrent Jonathan avec curiosité : c'était donc lui, l'homme qui avait pris le grand Hansi Strohtmeyer pour un chauffeur. Strohtmeyer choisit l'un des deux bolides ; les techniciens les accompagneraient dans l'autre au cas où il arriverait quelque chose.

Le général polonais ouvrait le cortège à bord d'une Lada, suivi de l'équipe Santubara, les seigneurs à bord de leurs super carrosses avec lesquels il n'était pas nécessaire de rouler vite. Jonathan était curieux de voir la suite. Il se réjouissait de s'être engagé dans cette aventure bien préparée et ne put s'empêcher de penser aux voitures interminables des Américains, ces Lincoln noires qui s'arrêtent devant le Waldorf-Astoria pour laisser descendre une seule femme, un caniche nain sous le bras, venue acheter un ballotin de confiseries.

Ils lambinèrent ainsi en direction non pas de Danzig, mais de Gdingen – les occupants de la Lada n'arrêtaient pas de se retourner afin d'être sûrs qu'il ne s'était rien passé, pour qu'ils traînaillent à ce point-là ; on n'avait pas réussi à dénicher des chambres à Danzig, ce que le général du tourisme regrettait, alors qu'ils avaient réservé depuis des mois. Un hôtel aux normes occidentales, avec bar et toutes les subtilités possibles, mais il ne restait plus une seule chambre libre.

Ils virent plusieurs voitures dans le fossé, et d'autres que l'on poussait. Pousser des voitures à plusieurs ? Mme Winkelvoss trouva fabuleuse la manière dont les gens s'entraidaient ici. On ne voyait pas ce genre de choses à l'Ouest ! On n'aurait pas à pousser la Santubara, c'était certain, elle sentait certes un peu le blanc d'œuf pourri, comme tous les véhicules neufs, mais à l'avant, sur le tableau de bord, ce cadran qu'on appelait chez eux le « cinéma aux souris », c'était nickel chrome, cet écran minuscule où l'on indiquait que tout fonctionnait convenablement, qu'il n'y avait pas une lampe de trop allumée quelque part et qu'aucune porte n'était ouverte. Et puis les bip-bip, le grand tralala quand on faisait quelque chose qui n'allait pas.

L'idée ne serait pas venue à Jonathan d'appeler Gdingen par son nom allemand, Gotenhafen : elle était sortie de terre après la guerre mondiale.

Le hall de l'hôtel aux normes occidentales était orné de fleurs artificielles luxueuses et meublé d'une foule de gigantesques fauteuils en skaï. Un essaim de Scandinaves ivres morts vint à leur rencontre, ils avaient fait le voyage spécialement de leur pays bien propre pour se soûler à bon marché.

L'hôtel était effectivement à peu près confortable, même si la piscine était fermée la nuit, comme les en informa le général du tourisme au souffle lourd, et s'il fallait déposer son passeport quand on allait se coucher. C'est le genre de choses qu'on peut supporter, même si cela fait aux gens sensibles l'effet d'une castration et même si cela peut provoquer des accès de fureur chez les colériques. Mais Hansi Strohtmeyer en avait vu d'autres au Sahara ! Est-ce qu'ici aussi, on changeait dix pfennigs contre cinquante mille zlotys ? voulut-il savoir.

« Ça se dit "swotti" », fit Mme Winkelvoss. Elle trouvait les billets de banque polonais « extra, quelque part ». Et puis elle trouvait aussi « authentique, quelque part », qu'on doive attendre deux heures pour un appel international, pas comme dans cette Allemagne fédérale de merde où tout fonctionne et où on est stressés comme des bêtes. Qu'on ne puisse pas appeler l'Allemagne directement, qu'on doive passer par la centrale, ça n'est quand même pas un drame, on en vient tout juste, d'Allemagne.

« Ça va le faire. »

Le général prit congé et souhaita plein de bonnes choses à l'équipe. S'il y avait quoi que ce soit, il suffirait de lui passer un coup de téléphone. Il fut choqué lorsqu'on lui expliqua que le chiffre d'affaires annuel des établissements Santubara dépassait de loin le PIB de toute la Pologne. Tout le travail de chien qu'on avait accompli pour le socialisme n'avait donc servi à rien, y compris la rébellion qui lui avait valu six ans et le mouchardage auquel on le contraignait désormais.

Un portier qui ne savait pas vraiment s'il était allemand ou polonais – comme il le disait lui-même – guida toute la compagnie à l'ascenseur, qui était pourvu d'une porte forgée en guirlandes et montait par soubresauts d'un étage au suivant. Ils logeaient tous les trois dans des chambres situées directement les unes au-dessus des autres (à cause de l'installation qui assurait les écoutes). Ils apprirent à cette occasion que le cours était de 150 zlotys pour 1 mark et qu'on pouvait le pousser à 360 pour 1 en insistant, tout était donc merveilleux et follement excitant.

Les chambres étaient tout ce qu'il y avait de plus normal. Des tissus effrangés sur les sièges, on en voyait aussi à Francfort, et les rideaux d'hôtel étaient de toute façon répugnants dans le monde entier. Dans la salle de bains, on trouvait même un morceau de savon et du shampooing vert parfum goudron, le tout dans une petite pochette plastique !

Les serviettes-éponges sentaient un peu le rance, mais la télévision proposait tout de même deux programmes, ce qui est après tout suffisant – aussi curieux soit-il d'entendre les gens de Dallas parler ici le polonais. Et tout en n&b ? Mais quelque part, le n&b, c'était progressiste. La « couleur », on en avait jusque-là.

Jonathan s'approcha de la fenêtre. En bas, sur le parking, des hommes traînaient, ils s'affairaient auprès des voitures garées tandis que les gardiens regardaient dans une autre direction. Ils n'osèrent pas s'approcher des deux huit-cylindres à double bloc d'injection, l'un des deux techniciens se tenait à côté, une pince multiprise à la main.

Sur le débarcadère étaient amarrés un navire à voile traditionnel et, plus loin, un navire de guerre qui, si tout n'était pas qu'illusion, devait être le bateau de guerre de paix venu de Hambourg. Jonathan pensa à la Westerplatte[14], dont son oncle lui avait raconté que des soldats allemands y étaient toujours dissimulés dix années après la fin de la guerre. Qu'ils avaient vécu sur leurs réserves et avaient fini par sortir à l'air libre en titubant, comme des axolotls. Le navire de ligne *Schleswig-Holstein*, cette chose de la Première Guerre mondiale, avait donné ici le premier coup de feu de la Seconde Guerre mondiale, puis, en 1945, le dernier.

Jonathan avait remarqué que son oncle ressemblait à Julius Streicher[15], curieusement, même la barbiche et les pantalons de cheval.

Mais d'une bonté fondamentale.

« Eh bien, on se retrouve à 15 heures », avait-on dit. Après s'être « rafraîchi », comme disait Mme Winkelvoss, Jonathan descendit. Dans le hall, il échangea avec un homme inexpérimenté deux billets de cinq marks contre une quantité astronomique de zlotys, des billets froissés que l'homme sortit l'un après l'autre, et Jonathan devint d'un seul coup une sorte de Crésus. Lorsque les autres arrivèrent, ils s'étonnèrent : « Quoi ? Vous avez déjà fait le change ? » Et : « des billets de cinq ? » Ça ne leur était pas venu à l'idée. Dans ce cas, M. Fabrizius n'était finalement peut-être pas si coupé du monde réel ? Si les dames qui assuraient l'accueil à la réception se parlaient en chuchotant et en le montrant du doigt, ça n'avait rien à voir avec son opération monétaire asymétrique, c'était à cause de son nœud papillon qu'elles trouvaient affreux. Faire un petit saut à l'arrière et prendre ça en note, ça ferait bien dans le rapport…

Hansi Strohtmeyer reprit l'une des voitures aux techniciens, et l'homme qui s'appelait M. Schütte lui expliqua le « cinéma aux souris » qu'il avait devant lui sur le tableau de bord, le minuscule écran où apparaissaient les symboles de la ceinture de sécurité, des portes, des projecteurs, et l'ordinateur de bord intégré : le temps de parcours à accomplir, les kilomètres restants, la quantité de carburant consommé, etc. Sans oublier la consommation moyenne.

Installés dans la voiture qu'on avait une fois de plus lavée de près, ils remontèrent une allée pour entrer dans l'enceinte de Danzig et, tandis qu'ils dépassaient les villas, qu'ils doublaient des tramways bondés et des camions à la remorque oblique, l'ordinateur consignait tout ce qui méritait d'être su. Des faits qu'on n'a, en soi, aucun besoin de connaître, mais d'où émane pourtant un effet tranquillisant : à gauche, le chantier naval Lénine – « On ira peut-être jeter un coup d'œil au monument fou à Solidarność, ça sera peut-être utile à notre offre culturelle ? » – et à droite, des villas remontant à la fin du XIXe et où avaient probablement vécu des charbonniers, ou peut-être même des armateurs ? « Quoi, des réfugiés ? avait dit l'épouse de l'armateur en février 1945. Non, nous ne pouvons pas les accueillir », et trois jours plus tard elle avait elle-même dû partir en boitant en direction de l'Ouest – des histoires qui n'intéressaient aucun ordinateur au monde.

SOPOT, lut Jonathan sur un panneau indicateur, et une photo de Zoppot tirée de son livre de géographie lui revint subrepticement à l'esprit, celle d'un orphéon sur la plage avec un orchestre de jazz…

> Quand le lilas blanc fleurit de nouveau[16]…

S'il avait été polonais et s'il avait eu quelque chose à dire, à l'époque, l'année de la Guerre patriotique, alors il aurait déformé les noms de lieux allemands jusqu'à les rendre méconnaissables. « Sopot » ? Mais enfin, tout le monde comprenait que ça s'était appelé Zoppot ! Lui, il aurait appelé cette localité « Klatschi », ou bien… comment disait-on « rayon de soleil » en polonais ? Il serait plus ou moins parti de là – SOPOT, c'était trop bon marché, cela déçut Jonathan.

L'église Sainte-Marie émergea à l'improviste au-dessus des toits : elle était là, la déesse nordique, plus gracieuse qu'on ne l'aurait cru, sans rien de massif, on aurait même plutôt dit « gracile ». Le numéro 7 dans la collection d'églises de Jonathan, et, hop ! elle était de nouveau partie.

Où pouvait bien se trouver le « bureau de poste polonais » dans lequel les courageux postiers polonais avaient perdu la vie, c'était tout de même forcément quelque part ? Et la rue qu'avait empruntée Hitler à l'époque pour traverser la ville ? Les fleurs recouvrant les fleurs ? Nous saluons notre Führer, *Sieg Heil* ?

Ils contournèrent la vieille ville, son église Sainte-Marie et ses jolies sœurs, et se garèrent devant l'hôtel Orbis, où la voiture d'escorte technique était déjà garée. Dans ce lieu, on achetait du whisky et des têtes d'hommes sculptées dans des nœuds de bois. On pouvait supposer qu'on y trouverait aussi de la saucisse de Cracovie.

Ils se séparèrent – après tout, chacun avait sa propre idée de ce que signifiait flâner dans la ville. Et puis on ne peut pas passer sa vie à se courir après.

Mme Winkelvoss exhorta Jonathan à coucher joliment sur le papier tout ce qui lui passait dans le viseur, puis à brosser à rebrousse-poil. Elle alla au téléphone pour régler encore un compte avec le général asthmatique du ministère du Tourisme, parce que quelque chose lui avait tout de même été formellement promis et que tout était tombé à l'eau ?

Strohtmeyer avait déjà filé.

Le Gauleiter[17] de Danzig ne s'appelait-il pas Forster ?

Jonathan se rendit directement à l'église Sainte-Marie. S'il se faisait arrêter dans ce pays, si la police l'expulsait à cause de ses zlotys illégaux ou de sa carte routière en langue allemande, au moins, il n'aurait pas raté la déesse nordique numéro 7. Au lieu de la multitude de petits clochers, ils auraient mieux fait de terminer le grand… se dit Jonathan avant de faire le tour des murs vieux-rouge. Tout en haut, sur le faîtage, un maçon en équilibre rebouchait des fissures.

Puis il entra dans la maison de Dieu, il se mêla aux matelots et aux écoliers, aux ménagères et aux expulsés des territoires de l'Est, il fit trois fois le tour, d'abord les yeux levés – comme le font les étrangers à New York – puis en regardant de gauche et de droite à la recherche d'une splendeur quelconque.

« Regarde, Maman, là, de l'autre côté, dans le temps il y avait l'horloge astronomique ! » entendit-il annoncer par une septuagénaire à une vieillarde en décrépitude qu'elle tenait fermement sous le bras. Les deux dames faisaient partie du groupe des expulsés, la vieille femme voulait revoir une dernière fois et à bon prix les murs de sa ville natale, puis mourir. Elle n'aurait pas cru pouvoir vivre encore cela un jour !

Avec son appareil de poche, Jonathan prit des photos des voûtes badigeonnées de chaux. Elle devrait être ouverte sur le haut, l'église, avec un toit en verre. Mais dans ce cas, elle serait aussi « fermée ». Le chemin vers le ciel est « fermé », se dit-il. Il eut des réflexions analogues lorsqu'il se retrouva devant le Memling, *Le Jugement dernier*, ce cycle ellipsoïde du bien et du mal. L'archange au milieu, la balance dans la main et, en haut, encadrant le Dieu trinitaire, les plaideurs. Les plaideurs de gauche, se dit Jonathan, à quel moment vont-ils emballer leur saint-frusquin et passer de l'autre côté ? Ils ont intérêt à le faire à temps, sous peine de dévaler dans le boyau de l'enfer ! Il pensa aussi au singulier parcours du tableau : destiné à la Hollande, raflé en pleine mer et transporté à Danzig, volé par Napoléon puis acheminé à Paris avant d'être rapatrié sur une charrette à cheval cahotante. Comme beaucoup de tableaux, sans doute, avaient été perdus lors de ces moments d'audace, pendant la Réforme ou sous le joug des iconoclastes ; les autels brisés à la hache et jetés au feu. Peut-être la majeure partie d'entre eux étaient-ils perdus depuis longtemps, peut-être se contentait-on de copies ? Quel genre d'êtres humains avait bien pu faire ça, mettre en morceaux des autels gothiques ou romans ? Des SA du Moyen Âge, selon toute vraisemblance. Les représentations de l'enfer, ça pourrait aussi servir à son amie à Hambourg, y avait-elle pensé ?

Jonathan acheta une quadrichromie du Memling pour Ulla. Chaque fois qu'il prenait une photo, il appuyait deux ou trois fois sur le déclencheur, au cas où : comme ça, il était sûr de ne rien perdre. Malheureusement, on ne trouvait à l'entrée aucun panonceau d'information où il aurait pu connaître la hauteur, la largeur et l'âge de sa déesse. Il put tout de même grappiller une information auprès d'une guide : Sainte-Marie était la plus grande église en brique au monde, 105 mètres de longueur, 66 mètres de large, 4 115 mètres carrés de surface – de la place pour 24 000 personnes. En tout cas, les expulsés ne se faisaient pas remarquer dans cet espace gigantesque. Ils s'étaient tassés dans un coin et se demandaient s'ils pouvaient oser entonner ici un chant des jours lointains. « Eh bien prends donc mes mains », en soi, c'était complètement inoffensif, non ? Mais il ne valait mieux pas, sous peine de voir se rompre les fils laborieusement noués de l'entente mutuelle. Il était plus sage d'attendre encore un peu pour ce genre de choses.

À la sortie, Jonathan sacrifia un billet de mille zlotys – il avait encore fait un tour spécialement pour établir si c'était beaucoup ou peu d'argent : il était arrivé à un total de vingt-sept marks cinquante, ce qui était une triste erreur, comme il en prit conscience à l'extérieur – puis il flâna dans les rues reconstruites. Quelque chose ne collait pas dans cette ville restaurée, les maisons avaient exactement le même aspect que sur les vieilles photographies, elles étaient impeccables, mais donnaient l'impression de se dresser sur le fond de la mer, comme dans la ville balte légendaire de Vineta. Qu'on ait tourné ici l'adaptation cinématographique des *Buddenbrook* n'était pas d'une grande aide non plus. Alors que Jonathan, non loin de la porte Verte, un édifice Renaissance impeccablement restauré, regardait des bijoux dans la vitrine d'une boutique de souvenirs, trois Tziganes arrivèrent en chaloupant, une très vieille avec des trous béants entre les dents, une plus jeune et une adolescente. Ces trois personnes insolites et qui, ici, en Pologne, se nourrissaient probablement de hérissons cuits dans la glaise au feu de camp, ces trois personnes, donc, se dirigeaient droit vers lui. Elles le prirent en tenaille : « Alléminde ? Oh, Alléminde beau pays… » Elles voulaient lui faire voir un tour de magie, il comprenait quand même bien la plaisanterie ? Qu'en l'espace de quelques secondes il y aurait plus d'argent qu'auparavant dans son porte-monnaie, qu'il devrait juste le leur confier quelques secondes, voilà ce qu'elles comptaient lui démontrer, s'il n'était pas un enfant de la tristesse, ce qu'elles supposaient puisqu'il avait l'air tellement amusant avec son joli nœud papillon et qu'il était, de surcroît, alléminde ?

Jonathan recula d'un bond dans la boutique de souvenirs, où il était provisoirement en sécurité. Il put voir, par la vitrine, les femmes se poster plus loin pour le coincer quand il ressortirait. On voyait du reste plusieurs de ces groupes de multiplicatrices de billets, que les policiers polonais gardaient certes sous surveillance, mais sans les empêcher de se livrer à leur petit commerce. Ils ne savaient donc pas que c'étaient des étrangers qu'on importunait ici ? Quelle impression cela produisait-il ?

Jonathan s'assit auprès de l'aimable commerçant qui lui présenta de vieux bijoux en ambre et en vanta le côté désuet. Dans un premier temps, il ne voulut pas indiquer de prix, on aurait tout le temps d'en parler. Ils finiraient bien par se mettre d'accord ! Il s'agissait de blocs d'ambre laiteux gros comme le poing et montés sur de l'argent, de colliers de perles taillées en ovale et de plus en plus grandes, et de broches de toute nature : « Le problème du prix, on le résoudra. On se mettra bien d'accord. » Il n'avait pas de figurines en bois de Cracovie, mais si Jonathan lui donnait l'argent, il pourrait s'en procurer.

Le marchand parlait bien l'allemand, il lui raconta qu'il venait justement de passer à Hambourg où il possédait une filiale. Un ami entra dans la boutique, ils discutèrent – en polonais évidemment, peut-être de montres anciennes et remontant à l'époque des Allemands nazis, des objets anguleux avec cadran phosphorescent... Ou bien de l'argenterie que les Allemands avaient confisquée aux Juifs et qu'ils avaient dû laisser sur place. Jonathan était assis dans le coin, on ne faisait pratiquement plus attention à lui, et il laissait les choses agir sur lui. Il nota deux ou trois détails pour les caresser ensuite à rebrousse-poil, comme le lui avaient seriné les gens de Santubara. Un petit garçon apporta une verseuse de café et du gâteau, dont Jonathan reçut lui aussi un peu. Des touristes arrivèrent, dont on se payait la tête, et tous les fainéants possibles simplement venus pour reluquer, et des hommes étrangers avec des dents en or et des liasses de billets dans la poche de leur pantalon. Jonathan n'aurait pas été étonné de voir Albert Schindeloe faire lui aussi son apparition.

Un homme, une épave, finit par entrer. Il laissa d'abord le marchand, puis Jonathan, regarder dans son cabas : il y avait des livres à l'intérieur.

Jonathan en sortit un, c'était un livre allemand, intitulé :

La Machine à écrire
Et l'histoire de son évolution

Un livre de petit format avec de nombreuses illustrations. Et l'intérieur de la couverture était frappé d'un tampon lilas :

Hermann Binder
Cracovie
5, place Adolf-Hitler

Jonathan trouva que cela méritait l'attention et l'acheta pour une poignée de zlotys.

Bien entendu, il aurait volontiers acquis aussi le fragment d'ambre laiteux, mais il n'avait pas les trois cent soixante marks dont il s'avéra qu'il aurait dû les posséder pour le payer. Et puis comment aurait-il dû faire passer la frontière à ce truc ? D'ailleurs, pour ce prix-là, il pouvait en acheter un à Hambourg.

Au lieu de cela, pour se libérer, il choisit une petite épingle à nourrice, posa sur la table quelques zlotys en billets et quitta la boutique.

Dehors, les trois femmes se jetèrent aussitôt sur lui pour lui présenter leur savoir-faire en matière de multiplication monétaire. Il les tint à distance en faisant un signe de croix – bien qu'il ne fût pas catholique. L'idée lui était venue spontanément et elle fonctionna aussitôt. Les femmes reculèrent, l'une d'elles cria « Crapule ! » et elles se regroupèrent à bonne distance : elles n'avaient encore jamais rien vécu de tel. C'était vraiment un salaud d'Alléminde, et un du genre raffiné.

Jonathan traîna encore un peu du côté des alignements d'immeubles reconstruits, il remonta sur la gauche, descendit sur la droite, passa devant des gens qui faisaient la queue pour du poisson et pour du sucre, en allant à contre-courant de bandes de touristes clairsemées. « Mais oui ! tout à fait ! » s'exclamaient d'anciens Danzigois, et ils vantaient l'architecture en trompe-l'œil des vieilles ruelles, ce lion ici, qu'un fonctionnaire des services de restauration est justement en train de briquer, magnifique ! Nous sommes quand même tous montés à cheval dessus quand nous étions enfants, non ? Enfin, sur le truc qui était là avant, mais qui avait exactement le même aspect. On va photographier ça tout de suite et le montrer, à la maison, aux fils qui, curieusement, ne parviennent pas à se prendre de passion pour la vieille patrie.

On n'a pas pu ranimer le vieux cadavre, juste le transformer, se dit Jonathan : en une figure de cire qui fait partie du panoptique.

Et puis quel dommage qu'on ne puisse pas reconstituer des gens, les grâces enlevées du Memling vers le ciel, par exemple, ou ceux qui sortaient de la gorge de l'enfer, les précipités. Éveiller les damnés et les bienheureux et les mener nus dans les rues, une corde autour du cou, puis leur faire des signes : ça ira bien, et recevoir des signes indiquant à quoi ça ressemblait de l'autre côté… Mais ils n'ont pas le droit de parler.

Devant l'Artushof, une femme d'un certain âge l'arrêta. Elle avait l'air d'une Allemande mais n'en était pas une. Elle était du genre Ma tante Hermine, et Jonathan ne pensa pas un seul instant que quelqu'un viendrait mendier auprès de lui dans ce lieu. La femme avait dans la main un flacon de médicaments vide et lui expliqua que sa fille était malade, qu'elle ne pouvait trouver ce remède nulle part en Pologne ; Jonathan ne pouvait-il pas le lui procurer et le lui envoyer une fois revenu en Allemagne ?

Jonathan regarda sa montre, il était 16 h 30, et il aurait volontiers bu un café – il demanda alors à la femme où elle habitait, et lui dit qu'ils pourraient peut-être y aller, boire un café et discuter de tout le reste ?

La femme marqua un temps d'arrêt, mais finit par remettre le flacon dans sa poche, lui dit « Suivez-moi, s'il vous plaît » et se mit en marche. Jonathan la suivit, il regarda ses jambes maigres, ses bas gris rapiécés, et se dit que sa mère à lui devait à présent avoir à peu près le même âge que cette femme. Le matin même, il avait mangé sur l'Isestrasse deux petits pains avec du miel. C'est alors qu'il vécut l'une de ces aventures qui se racontent bien après coup.

10

La femme s'appelait Kuschinski, elle vivait dans une vieille bâtisse qui était restée debout et dont le pignon était orné de lianes printanières et d'un millésime triomphal. Une rafale de pistolet-mitrailleur avait gravé une gerbe sur la façade, du linge était accroché aux fenêtres ornées de piliers.

L'ascenseur jadis majestueux et pourvu de grilles en fer forgé avait été condamné avec des planches de bois clouées. Ils montèrent les marches de l'escalier – les murs étaient carrelés –, arrivèrent devant une porte d'étage fermée par un cadenas et ornée d'une longue rangée de plaques nominatives. Dans la cave, quelqu'un fendait du bois à la hache.

Une bulle d'air vicié sauta au visage de Jonathan lorsque la femme ouvrit la porte, car trois familles et divers sous-locataires vivaient dans l'appartement. La chambre dans laquelle on mena Jonathan – il se baissa pour en franchir le seuil – était une pièce provisoirement séparée, on le voyait au plafond de stuc, c'était un petit espace gris dans lequel brillait une lampe. Il était rempli de meubles de grand magasin : un placard mural avec une table assortie (napperon, vase), télévision (napperon, chevreuil en bois), réfrigérateur (napperon, coupe en verre) et au plafond une minuscule lampe à prismes de verre. Dans un coin, une corbeille pleine de linge.

Au mur était accroché un tableau dans un cadre doré, et sous la fenêtre un canapé à fleurs couvert d'une literie d'où quelqu'un venait manifestement de s'extraire : la fille malade.

Jonathan appréhenda tout cela d'un seul regard et l'image se grava dans sa mémoire rétinienne. Il s'installa dans l'un des fauteuils à fleurs, rajusta son nœud papillon et pensa : Je vais rester assis là pendant un bout de temps. Il avait l'impression d'être arrivé. La literie sur le canapé : quand il avait eu les oreillons, on l'avait autorisé à rester allongé dans le bureau de son oncle. Si Hansi Strohtmeyer le cherchait à présent, ou bien la Winkelvoss, ils allaient le chercher longtemps !

La femme sortit pour préparer du café, du vrai café qu'on lui avait envoyé de l'Ouest, raconta-t-elle, de Lampertheim, une cousine de son oncle restée là-bas après la guerre, mariée à un Allemand. Ingénieur, ou je ne sais quoi, ils se portent bien, ceux-là. Elle revint aussitôt – cette fois-ci, en pantoufles – et alla chercher dans l'armoire une demi-tablette de chocolat qu'elle émietta dans une petite coupe, du chocolat de l'Ouest, elle ressortit et il devint évident que ces allers et retours n'en finiraient pas.

Dans la cuisine, on parlait bruyamment. La femme se faisait visiblement enguirlander par les autres locataires pour avoir ramené quelqu'un, qu'est-ce qui lui passait par la tête, elle traîne n'importe qui ici, et un Allemand, en plus ! Et elle lui prépare du café, par-dessus le marché, du précieux café en grains ! On claqua une porte et dans la pièce voisine un homme hurla qu'il était d'équipe de nuit et que si le calme ne revenait pas immédiatement il fichait tout en l'air !

Au bout de quelques minutes, la femme entra dans la pièce avec sa fille malade : ça ne le dérangeait pas qu'elle s'allonge de nouveau ici ? Elle était souffrante et elles ne savaient pas quoi faire. Maria, tel était le prénom de la fille, qui était une jeune femme. Vêtue d'un peignoir élimé, elle se plaça devant la vitre couverte d'une grille dorée du placard et coiffa brièvement, en passant, sa chevelure à petites boucles. Puis elle se tourna vers Jonathan, qui s'était levé, lui tendit la main et lui demanda s'il avait vu le vélo, de l'autre côté de la rue, ça lui paraissait tellement bizarre qu'il se trouve là, ça avait certainement une signification ? Et : comment se faisait-il qu'il se soit perdu ici ? Il faisait une étude pour savoir comment allaient les Polonais ?

Plus tard, Jonathan ne parvint plus à se remémorer ce qu'elle avait dit par la suite. Qu'elle lui avait tendu la main, il se le rappelait, elle était humide et molle, cela, il s'en souvenait encore, comme du fait qu'elle avait parlé toute seule et s'était de nouveau allongée sur le canapé, sans détour, dans son peignoir, sous la couverture.

Qu'il existe aussi en Pologne de jolies filles, le cent mètres dames, son attention avait déjà été attirée sur ce point à diverses reprises, mais jusqu'alors Jonathan n'avait pas pu distinguer suffisamment de beautés dans les rues de Danzig, il y avait vu plus de lanceuses de poids que de lanceuses de javelot. Les belles sont certainement occupées à tailler des filets de sébaste au Combinat de la pêche, se dit-il.

Maria non plus n'était pas une beauté, elle n'aurait pas eu sa place dans une publicité touristique, elle était « bien en chair » et avait de courtes jambes trapues. Son visage était enflé, comme si elle avait beaucoup pleuré ces derniers temps.

C'est une beauté du cinéma muet, se dit Jonathan, elle aurait été idéale pour un film de Buster Keaton, sur le siège arrière d'une moto, en amazone, béret basque sur la tête, la robe blanche volant dans son sillage comme un voile.

Ou bien la dame en noir de la lessive Persil, songea-t-il, et il revit dans son esprit un mur berlinois portant, délavée, la réclame de Persil en 1935 : à côté de la gare de Silésie, là où étaient jadis arrivés ces Juifs silésiens qui avaient ensuite ouvert une boutique de seconde main au cinquième étage d'un immeuble d'arrière-cour.

Les coups de hache que l'on assenait sur le bois, à la cave, ébranlaient tout l'édifice ; la mère revint et déposa du gâteau sur la table, un reste de dimanche, et des couverts, et des petites cuillers en argent, et Jonathan apprit que Maria avait toujours en tête de si drôles d'idées – le vélo, de l'autre côté de la rue ! –, elles ne s'en allaient pas, elles s'incrustaient, elles n'arrêtaient pas de tourner, des idées de diables et de fin du monde… Et tandis que la mère parlait de tout cela, Maria était allongée et écoutait, et cherchait au fond d'elle-même ce que l'enfer en disait. Son corps se dessinait sous la couverture, le bassin haut placé et les petites épaules, et elle avait remonté la couverture jusque sous le menton, elle s'était emmitouflée, ses cheveux courts et bouclés, pas vraiment lavés de peu, et sur la table des tubes de cachets, de ceux qu'on retrouve qui traînent après la découverte d'un suicidé.

À l'extérieur, la bouilloire se mit à siffler, la mère ressortit et Jonathan se retrouva seul avec la jeune fille, il eut tout loisir d'inspecter le revêtement de sol : c'était du stragula, les motifs ressemblaient à ceux de l'Isestrasse à Hambourg. Il lui dit que ce sol en stragula était probablement très précieux, qu'on pourrait le vendre sans délai à l'Ouest, Kolaschinski et ainsi de suite, tout comme les faïences de la cage d'escalier – cinquante marks la pièce, à son avis, il suffirait de trouver quelqu'un pour les décoller ; puis il lui raconta qu'il était journaliste et qu'il préparait ici, en Pologne, un rallye automobile pour journalistes spécialisés, ce qu'il n'avait encore jamais fait et trouvait totalement absurde – lui-même ne savait pas conduire –, mais c'était bien payé. Ensuite, bien qu'il ait su qu'une telle proposition était totalement absurde parce qu'on ne pourrait jamais la mettre en œuvre, il demanda si elle ne voulait pas faire le voyage avec eux, à l'arrière de la voiture, une Santubara huit-cylindres, il restait une place libre ? Il pourrait arranger ça ?

Alors elle penserait peut-être à autre chose ?

Bien qu'elle regardât dans l'autre direction, elle l'écoutait. Soudain elle se retourna, se redressa et demanda : « La faute à qui ? », en dévisageant Jonathan.

Elle se laissa retomber sur son canapé et répéta : « La faute à qui ? »

Elle savait de quoi elle parlait, et Jonathan le savait aussi, mais il ne pouvait pas tolérer qu'on généralise ainsi, il fallait qu'il trouve un argument contraire. On ne dénichera pas un responsable pour toute la faute du monde, se dit-il, on ne lui mettra pas la main dessus, et il se rappela un poster qu'il avait vu dans les montagnes Rocheuses, dans une boutique de souvenirs, un poster où l'on massacrait des Indiens.

La faute à qui ? À l'aéroport, il vit l'enfant avec son nounours rose, et il vit les Tziganes, et les vieilles lunettes dans le tiroir chez Albert Schindeloe, et à Rosenau, sa mère, la robe ensanglantée, sur les marches de l'église.

Au mur, sur le tableau au cadre doré, on voyait une jeune mère allongée sur une prairie et qui soulevait son enfant au-dessus d'elle, auréolée d'une couronne d'anges papillonnant.

Dehors, devant la fenêtre – il le remarquait seulement maintenant –, on voyait l'un des petits clochers pointus comme des aiguilles de l'église Sainte-Marie, et il pensa à Münchhausen, dont le cheval reste suspendu à un clocheton comme celui-là, Münchhausen qui chevauche un boulet de canon, Hans Albers[18], donc, avec ses yeux lumineux, et ce qu'il tient entre les jambes est le boulet du monde. Jonathan se demanda s'il n'y avait pas un dicton qu'il pourrait citer : « Le bien et l'argent préservent le monde », ou quelque chose de ce genre, il y avait certainement un dicton dans lequel se comprimait la sagesse du peuple et avec lequel on pourrait conjurer les mauvaises pensées par des moyens simples.

Pendant ce temps, Mme Kuschinski était revenue, la verseuse à fleurs à la main, elle servit le café dans des tasses dépareillées, et le gâteau était une splendeur, vraisemblablement cuit au saindoux, Jonathan n'avait jamais mangé un tel gâteau. Pour l'accompagner, elle servit aussi un petit verre de liqueur de cerise ; du sucre avait cristallisé au fond de la bouteille. Les cuillers en argent avaient appartenu à des Allemands, elle continuait à y penser, dit Mme Kuschinski, elle les avait échangées juste après la guerre, contre un morceau de pain, à des gens angoissés qui vivaient dans une cave, sous les ruines, et qu'on chasserait s'ils se faisaient voir.

Mme Kuschinski prit la corbeille de linge, en ôta les pièces de tissu, les plia et les tria, tout en lui expliquant l'histoire de la maladie de sa fille : elle avait étudié la langue et la civilisation allemandes, elle était au milieu de la quatrième année, « Le comparatif chez Wieland ! », et lorsqu'elle était enfant, déjà, elle était tellement songeuse, et puis il y avait eu ces transformations étranges, sans aucun signe avant-coureur, des idées obsessionnelles, ce vélo de l'autre côté de la rue, tantôt là, tantôt parti, et dont on ne voit jamais personne à qui il pût appartenir, ces visions de fin du monde sous toutes leurs formes ; et les médecins, dépourvus du savoir et de l'intérêt nécessaires pour traiter son cas. Elle devrait faire de bonnes promenades de temps en temps, avaient-ils dit, elle manquait d'oxygène, et l'université envoyait une lettre après l'autre, combien de temps encore durerait la maladie, ça n'allait pas, qu'elle fût ainsi absente pendant des semaines.

« Qu'est-ce que ça va bien pouvoir donner, dit la mère. Ces pensées idiotes, idiotes. » Le vélo, en face, tantôt il est là, tantôt il n'y est pas. Ou bien cette histoire selon laquelle quelqu'un écoute à la porte, qu'on entend clairement sa tête frotter contre le bois. Elle n'arrêtait pas de lui dire qu'il fallait laisser ces idées de côté, qu'avec ses ruminations elle détruisait le peu de bonheur qu'elles avaient grappillé ici. Le mari avait commencé par passer sous un camion de troncs d'arbres, et maintenant c'était la fille qui tombait malade, comme si l'on n'avait pas assez de chagrin comme ça.

> La faute à qui, dans quels actes coupables
> Avons-nous sombré[19] ?

La femme n'arrêtait pas de forcer Jonathan à boire du café et à manger. « Mangez, dit-elle, mangez ! Mangez plus… » Et Jonathan avait croisé les jambes l'une sur l'autre et tenait la tasse avec élégance entre ses mains.

Puis elle brandit le flacon de médicaments, ô descends, toi, fiole unique, le flacon qui avait contenu l'élixir apparemment efficace, et Jonathan le lui prit dans la main et vit que l'étiquette était déjà tout usée. Il s'agissait d'un remède qui aiderait à lisser le flot bouillonnant et désordonné des pensées dans le cerveau de cette enfant, à supposer qu'il fût pris régulièrement et correctement dosé – il avait sans doute un effet tempérant, mais aussi, d'une certaine manière, excitant.

Jonathan sortit de la poche de sa veste un moignon de crayon très affûté, nota dans son bloc-notes le nom du remède en question et promit de le lui procurer dès son retour à Hambourg, tout en se demandant s'il pourrait d'une façon ou d'une autre intégrer cette visite à l'article. Le crayon, il l'avait rapporté de Vienne, il s'en était servi pour écrire un papier sur les cafés viennois, ce jour-là on avait éventré la rue qui passait en dessous de lui, les entrailles de la rue, avec des tuyaux et des câbles de tous les calibres, et il avait continué à écrire sous les martèlements et dans le fracas… Dans le cerveau de Maria aussi, on ouvrait la rue, une soupe au sirop brûlante y montait en crachant des bulles, elle se ferma les oreilles et tapa des pieds pour que son âme retrouve son calme.

Mme Kuschinski, qui avait l'esprit pratique, décida que Jonathan ferait mieux d'emporter le flacon plutôt que d'écrire quelque chose qui n'irait pas, et Jonathan le glissa dans sa poche.

Alors arriva un jeune garçon. C'était le petit frère de Maria, tout heureux de voir qu'on avait servi du gâteau et du chocolat.

« À qui la faute ? »

Il ne s'étonna pas le moins du monde de trouver ici un inconnu prénommé Jonathan : il le prit peut-être pour un médecin, en le voyant déchiffrer le mot inscrit sur le flacon brun et cannelé fermé par un bouchon blanc.

On lui raconta qu'il s'agissait d'un journaliste de rallye qui parcourait la région à bord d'une voiture magnifique, et peut-être, si le garçon était très, très gentil, peut-être aurait-il le droit de faire un bout de route avec eux ? À la place de Maria qui, bien entendu, ne pouvait pas, parce qu'elle était malade.

Jonathan confirma les propos de la femme et décrivit cette voiture admirable, huit cylindres, je ne sais combien de chevaux, peut-être pourrait-il venir le lendemain à l'hôtel, on le laisserait sans difficulté s'asseoir dans cet engin. Le jeune garçon raconta que quelqu'un l'avait bousculé, ou chassé, et ce qu'il lui avait dit était très risqué, car Maria se redressa d'un bond et le soumit à un sévère interrogatoire : l'homme portait-il une casquette à carreaux, et avait-il un parapluie ?

Jonathan écouta, bien qu'il n'eût rien compris, Maria se recoucha sous la couverture et lutta contre ses sombres pensées, et la mère resta sombrement à la fenêtre. Il sentit que le moment magique avait pris fin. Il laissa la jeune femme allongée sur le canapé, avec le bassin qui se dessinait sous la couverture, et il laissa la mère obscurcir la fenêtre tandis qu'elle secouait, pour les dissocier, les pièces de linge que la torsion avait entremêlées – il se tourna vers l'enfant, qui était beau, pour autant qu'on puisse le dire d'un garçon, beau comme on a rarement à le voir. La formule de la beauté, que nul n'a encore déchiffrée. Peut-être Maria avait-elle été belle, elle aussi, à l'époque où elle faisait encore du patin à glace et où elle n'était pas tributaire du fait que les gens se retournent sur elle ?

Jonathan expliqua au garçon ce qu'est un « cinéma aux souris », l'ordinateur de bord, puis il prit une page blanche dans son bloc-notes, attrapa les ciseaux posés sur la table et découpa à main levée dans la feuille de papier une voiture qui ressemblait au prodige Santubara, et la déplaça autour de la table en faisant *vroum, vroum.* On lui avait déjà confirmé à diverses reprises qu'il savait s'y prendre avec les enfants.

Sur le principe, dit Jonathan, que le garçon fît un bout de route avec eux était une idée merveilleuse, mais pour savoir si ça marcherait, il fallait naturellement qu'il commence par poser la question, en tout cas, oui, s'asseoir dedans, il pensait que ça se ferait sans difficulté. Et puis tout le monde se rappela qu'il y avait l'école et que, ne fût-ce que pour cette raison, ça n'était pas du tout possible.

Jonathan finit par mettre un terme à son activité d'animateur pédagogique. Il dit qu'il était convenu qu'il achèterait et enverrait le remède à son retour à Hambourg et qu'il écrirait son article ; il faudrait toutefois un certain temps et cela serait difficile, parce qu'il lui faudrait brosser l'article à rebrousse-poil, ce qui absorbait toute son énergie – écrire, tout de même, ça n'est pas un jeu d'enfant. Il se tenait debout dans la pièce, la tête près de la lampe trop petite à prismes de verre, il serra la main au garçonnet et à la femme. Il aurait bien fait de même avec Maria, mais elle avait les mains sous les couvertures et était entièrement plongée dans des réflexions où il était question du ciel, de la terre et de l'enfer : les ciseaux ! C'est cela qui l'agitait, on avait coupé le papier blanc avec des ciseaux, qu'est-ce que ça pouvait bien vouloir dire ? Elle avait avancé un genou, qui dépassait de la couverture. Jonathan ne vit le genou que pendant un centième de seconde, et il était d'une admirable beauté.

11

Ces messieurs-dames prirent leur dîner au salon vert de l'hôtel Orbis. Les tables étaient séparées par des treillages sur lesquels grimpaient des lianes de fleurs en plastique. – Mais l'épaisseur de la vaisselle qu'ils ont ici ! Et ces drôles de fourchettes en fer-blanc ? Les journalistes suivront ?

On servit une bonne bière – de marque Okocim – avec nos fleurs les plus aimables, comme disait M. Strohtmeyer, puis une soupe aux betteraves pour cent zlotys, et pour cent zlotys du saumon fumé dont la *dekoracja* en coûtait trente. Ici aussi, on n'avait pas de caviar pour cinq pfennigs, il aurait fallu sortir deux mille trois cents zlotys pour avoir une portion.

« Eh bien dites donc ! » s'exclama Mme Winkelvoss : c'est que le repas était tout à fait correct. Certes, la soupe était tiède et le saumon desséché – mais on pourrait exiger de déduire ça en faisant le barouf qui convenait. On convoqua le maître d'hôtel : y avait-il moyen de déduire ces anomalies de la note ? Et comme le serveur était un peu trop servile, la discussion prit un tour un peu trop seigneurial.

Mme Winkelvoss portait un corsage bouffant et vingt-six colliers au cou ; elle avait le trac. Pour que ça colle « le jour de demain », les avertit-elle, surtout ne pas partir trop tard ! Et elle était inquiète parce qu'elle ne pouvait pas appeler chez elle pour savoir comment allaient son mari et son enfant. D'où tenait-il que c'étaient des Tziganes qui avaient voulu lui prendre son portefeuille, demanda-t-elle à Jonathan, et sa question était d'emblée une sanction.

Elle avait d'ores et déjà reçu une mauvaise nouvelle : M. Schmidt n'était pas encore arrivé. M. Schmidt était un critique gastronomique à la retraite, embauché pour vérifier la possibilité de faire étape dans les restaurants trois étoiles qui, selon la direction de la Santubara, jalonnaient la route de leur tournée. Des agneaux de lait, voir si l'on en trouvait, ou alors du saumon de temps en temps. Pendant la guerre, M. Schmidt avait dirigé en France un mess de l'armée allemande, aucun des officiers qui y étaient stationnés n'avait jamais pu se plaindre de lui. Il n'avait certes pas fait surgir des fraises en hiver, mais il avait toujours eu sous la main un petit colis pour les épouses quand ces messieurs lui faisaient savoir qu'ils rentraient en permission.

Et c'est celui-là qui ne s'était pas présenté !

Comme cette catastrophe ne pouvait lui être imputée, Mme Winkelvoss se calma vite – ce qui l'oppressait, c'était plutôt le mauvais présage. Mais il ne l'oppressait pas tant que ça. Elle fit l'éloge de la reconstruction de Danzig et informa la tablée, à voix basse, qu'elle avait déjà pu acheter quelque chose de bien : elle portait à sa main ornée d'anneaux une bague qui ne s'y trouvait pas auparavant. – C'est une honte, la manière dont l'Ouest pille ce pays.

Gdańsk ! Que cette ville fût désormais polonaise était à ses yeux une bonne chose, c'était d'une certaine manière une juste compensation. Elle pouvait imaginer que des forces étaient déjà à l'œuvre, en Ère-Dé-Â, pour faire en sorte que l'on revienne en arrière si elles le pouvaient. Étrange que Günter Grass ait vadrouillé dans cette ville quand il était petit garçon, culottes courtes et patins à roulettes[20] ?

Comme Jonathan, Hansi Strohtmeyer était lui aussi tombé entre les mains des Tziganes en visitant la vieille ville. Avec pour résultat un trou de cent marks constaté après coup dans son portefeuille. Il se demandait avec inquiétude comment il expliquerait cela à la police des frontières lorsqu'ils repartiraient. Ce fut une bonne occasion de lui décrire l'état des prisons polonaises, de lui dire qu'on n'y faisait pas la fête et qu'il aurait certainement à partager une cellule avec des ivrognes (qui lui vomiraient sur les pieds) !

Mme Winkelvoss s'interdit une fois de plus de parler de Tziganes, à sa connaissance il n'y avait absolument pas de « Tziganes » en Pologne. Elle lui demanda de vérifier encore une fois le contenu de son portefeuille, et puis pourquoi faisait-il ce genre de choses, confier son portefeuille à des gens étrangers ?

La porte s'ouvrit, laissant se déverser dans le restaurant un flot de touristes allemands qui traversèrent la salle pour se diriger vers une pièce séparée : c'étaient les expulsés des territoires de l'Est que Jonathan avait vus dans l'église Sainte-Marie. On les attendait, et ils s'étaient à peine assis qu'on leur servait déjà la soupe.

« Encore une chance qu'on soit arrivés avant eux, dit Hansi Strohtmeyer, sans ça on aurait pu attendre une éternité ! »

Jonathan nota qu'il pourrait peut-être intégrer dans son article à cinq mille marks une allusion au fait que les Polonais sont très sensibles et qu'un Allemand doit se comporter avec beaucoup de retenue pour ne pas les agacer. Il avait déjà consigné des éléments qui pourraient s'avérer utiles aux participants du rallye : l'heure à laquelle ouvrait l'église Sainte-Marie et celle à laquelle elle fermait, mais si elle était vraiment fermée ça ne ferait rien, on pourrait assurément obtenir une dérogation pour les touristes des établissements Santubara. Jonathan imagina que les participants au rallye pourraient commencer avec l'église Sainte-Marie en guise de « prélude », afin de les réchauffer tout de suite avec l'esprit de la patrie. On le ferait suivre d'une visite de la ville qui s'achèverait devant le monument aux travailleurs des chantiers Lénine. Il était certain de réussir à faire la transition pour ces messieurs de Wuppertal et de Brême, la transition entre la société prospère de l'Ouest, qui avait perdu son âme, et cette vieille ville hanséatique qui portait à présent le nom de

Gdańsk. Fallait-il plutôt commencer par l'église Sainte-Marie, ou bien plonger tout de suite dans la problématique de ce pays et rester méditer devant le monument aux ouvriers des chantiers navals ? Ou alors les deux à la fois ?

Quelques lignes de données et de faits s'y ajouteraient, et peut-être des statistiques : avec la description des efforts aventureux effectués pour mener à bien la restauration de Danzig, Jonathan aurait pratiquement de quoi remplir une page et demie. Peut-être une vision rétrospective serait-elle bienvenue ? Danzig 1939 et 1945, la liesse d'abord, la gueule de bois ensuite : plus ou moins deux pages, donc, et l'on n'en était qu'au premier jour de voyage.

« Pas trop d'histoire, lui avait recommandé le responsable de la publicité des établissements Santubara. Pas trop d'histoire, s'il vous plaît. »

Non, il n'écrirait rien sur Borislaw III, sur la passion qu'il mettait à arracher les yeux de ses adversaires ; mais on ne ferait sans doute pas l'économie de Conrad de Mazovie, l'homme qui avait appelé les Allemands dans le pays. Pas plus que des courageux postiers polonais qui avaient défendu leur bureau et ainsi sauvé l'honneur de la Pologne. On commencerait donc par l'église Sainte-Marie. À moins qu'on ne termine avec elle ?

> Je pense encore certaines heures
> À ces journées sur la Baltique
> Quand dans l'air gris de nos malheurs
> Fleurissait l'arbre magnifique.

Dans la salle d'à côté, les expulsés avaient fini leur repas et écoutaient une conférence avec diapositives : Danzig jadis, comme cette ville avait été splendide, et comme elle était à présent laissée à l'abandon, mais il fallait tout de même reconnaître le travail de restauration accompli. Les gens auraient volontiers entonné un chant patriotique, douillettement assis qu'ils étaient autour de la table,

« La Vache de m'sieur le pasteur », cette chanson-là, peut-être, mais ils n'osèrent pas. Ç'aurait pu être mal interprété.

Lorsque la petite tablée se fut rassasiée pour l'équivalent de trois marks cinquante tout compris, on planifia « la journée du lendemain » – en d'autres termes : on établit l'itinéraire. Et Jonathan décida qu'après Danzig, il fallait aller voir le Marienburg, sans quoi l'on pourrait tout de suite rentrer chez soi. Ensuite, on prit ses cliques et ses claques.

« En tout cas, c'est propre, ici, on ne peut pas dire le contraire. »

Mme Winkelvoss avait encore un point à régler à la réception : était-il nécessaire que les journalistes du rallye déposent leur passeport et ne le récupèrent que le lendemain, Berlin, Paris, New York, ils sont tous si effroyablement sensibles, et il devrait tout de même être dans l'intérêt de la République populaire de Pologne de dire que ce pays était un joyau ?

Hansi Strohtmeyer entra en vacillant dans le bar où l'attendaient d'aimables dames.

Jonathan s'assit encore quelques instants dans le hall. À peine était-il dans son fauteuil que deux hommes d'allure très orientale prirent place auprès de lui, sortirent des colliers de perles de la poche de leur pantalon et se lancèrent avec lui dans une conversation incompréhensible. Jonathan renonça à partager cette discussion. Il fit comprendre aux deux types qu'il était, en quelque sorte, attendu par quelqu'un, et qu'ils devaient le laisser partir. En l'espèce, faire le signe de croix n'aurait pas fonctionné.

Il revint dans sa chambre, s'allongea sur son lit et feuilleta un peu le livre consacré aux machines à écrire. On y avait reproduit de curieux modèles. On avait peut-être écrit beaucoup de choses intelligentes sur ces machines, mais aussi, bien entendu, beaucoup de débilités. Il regretta de ne pas pouvoir se rendre encore chez les Kuschinski pour terminer la soirée dans un cercle familial – mais il était trop tard pour cela. Sa rétine lui restitua l'image que les trois personnes lui avaient offerte au cours de l'après-midi dans leur petit logement, le papier peint fleuri, la literie sur le canapé, mais aussi, bien entendu, le genou. Et il s'avéra que l'image était encore intacte ; elle allait se condenser pour accéder au symbolique et résister au temps.

12

La salle du petit déjeuner était tout en blanc. Des gens en tenue de sport y buvaient du mousseux, deux Allemands trop bruyants portant des sceaux dorés sur leurs cravates en tricot pendantes, attaché-case contre la chaise, des types du genre hongrois qui lançaient des regards mystérieux de conspirateurs et qui n'avaient rien à faire ici, deux officiers qui réduisaient leur pain en miettes, accompagnés d'un interprète portant un costume et une chemise à col ouvert. Tout le monde semblait attendre quelque chose. Peut-être un événement inhabituel allait-il survenir sous peu ? C'était quand même bien possible, non ? Une patrouille militaire qui ferait évacuer les lieux ? Tous les capitalistes, dehors ! Contre le mur, écartez les pieds ! Tout comme, à Łódź, la SS traquant les adeptes du marché noir et les existences racialement inférieures : on les embarque dans des camions bâchés – et déjà les salves crépitent.

Jonathan s'assit à l'unique table libre – on ne l'avait pas encore débarrassée – et observa les reliefs de petit déjeuner sur les assiettes. Des tasses portant des traces de rouge à lèvres et une grande tache de café fraîche.

Il joignit les mains sous son menton et pensa à son amie Ulla. Dommage qu'elle n'ait pas fait le voyage avec lui, ils auraient pu papoter de tout ça. Mme Winkelvoss, le type classique de la femme « mouais », et Hansi Strohtmeyer, qui n'était pas si idiot que cela. Être plutôt que paraître – comment avait-il donc pu le prendre pour un chauffeur ?

À cet instant précis, la porte s'ouvrit, et le groupe des expulsés fit, au pas de l'oie, son entrée. Les dames portaient sous le bras de gigantesques boîtes de café en poudre, pour revigorer le jus de chaussette imbuvable du petit déjeuner. C'étaient d'ailleurs de gentilles dames, des « mamans » et des « mamies » qui se maintenaient toutes bravement dans la vie, bien que telle ou telle d'entre elles eût déjà été proche de la limite.

Jonathan observait les serveuses qui se promenaient avec des yeux larmoyants comme si elles avaient travaillé toute la nuit, elles ne faisaient pas volontiers le service, et, quand il le fallait absolument, on voyait qu'elles se secouaient un peu. Leur dernière formation remontait à un bail, le client venu de l'Ouest est roi, leur avait-on dit, il nous apporte des devises avec lesquelles nous construisons notre État socialiste. Bref, elles se donnaient une secousse après l'autre. Perdre son boulot juste parce qu'elles n'avaient pas posé de petits pains frais sur la table ? Il y avait dans le lot plus d'une enfant avantageuse, compatible avec les conceptions européennes des belles Polonaises, mais les traits marqués par une piètre alimentation. Les mauvaises saucisses grillées vous pourrissent le teint. Aucune chance à Hambourg. Y en avait-il une, dans le lot, qu'on avait chargée de l'équipe Santubara ? Probablement pas, hélas. Ou peut-être toutes ?

Alors apparut Hansi Strohtmeyer, rasé de près et entouré d'effluves d'eau de Cologne. Une veste en tweed avec des coudes en cuir et une chemise visiblement taillée sur mesure, le tout porté sur des jeans (peut-être eux aussi taillés sur mesure, quoique sans doute pas tout de même). Mais finalement qu'est-ce qu'il y avait de particulier dans le fait qu'il fût habillé fort normalement, ce pilote de course qui avait traversé le Sahara ? Le visage barré de stigmates d'accidents qui rappelaient les estafilades d'un escrimeur ? Jonathan ne s'étonna pas lorsque Hansi Strohtmeyer lui raconta qu'il possédait une Range Rover et une Mercedes 560 SEC. Et puis un oryctérope, c'est-à-dire une Golf GTI que sa femme prenait pour aller chercher les petits pains. Strohtmeyer possédait donc trois voitures, et un yacht par-dessus le marché. Manifestement, la course automobile rapportait gros. Ça allait de soi, d'ailleurs, autrement personne n'irait s'exposer à des dangers pareils.

« C'est normal que la table soit aussi crade ? demanda-t-il. Et : C'est notre fiancée ? », désignant ainsi la serveuse chargée de leur table. « Viens donc un peu là, ma fille, rafraîchis-moi un peu ça… » Et la jeune fille arriva aussitôt ; aux signaux de Jonathan, elle n'avait pas réagi.

Mme Winkelvoss finit par faire son apparition ; elle venait d'avoir l'Allemagne au téléphone, M. Schmidt ne les rejoindrait qu'ultérieurement, dit-elle, c'était un sacré coup dur ! On ne pouvait vraiment se fier à personne.

Elle s'extasia d'avoir pu prendre une douche sans difficulté dans cet hôtel, et s'étonna que tous les Polonais fussent aussi aimables. Avec nous, les Allemands ! Après ce que nous leur avons fait ! Un tiers de la population éliminée et toutes les villes détruites ?

Ils mangèrent des œufs brouillés agrémentés de lait en boîte et s'irritèrent de ce qu'il n'y ait eu que des petits pains *briochés et sucrés*. Mme Winkelvoss sortit d'un pilulier un comprimé rouge et un blanc et trouva tout cela admirable, du lait en boîte, pourquoi pas, c'est mieux que rien, dit-elle, quand on se rappelle à quel point les Polonais avaient manqué de nourriture sous l'occupation allemande, et maintenant ils donnaient tout ce qui leur restait ? Ensuite, elle dit à Jonathan qu'elle aimerait savoir si c'était absolument nécessaire, le Marienburg, elle voulait savoir si ça intéressait encore quelqu'un de nos jours ? Un château fort ? Parce que le militarisme, elle en avait plein le dos. Son beau-frère était dans la Bundeswehr, autant dire peut-être un idiot ! Elle pensait qu'il fallait aussi montrer les conquêtes du socialisme, ce pays était tout de même jeune et en plein essor. Des usines, peut-être, ou un chantier naval ? Elle trouvait que tous ces gens avaient l'air tellement optimistes.

« Je vais commencer par aller faire un tour », dit M. Strohtmeyer. Il réceptionna la voiture devant l'hôtel : fraîchement lavée, le plein fait, le niveau d'huile complété. Une fois de plus, tout était aux petits oignons. Il discuta encore un peu avec M. Schütte, qui lui donna les derniers résultats des courses : Formule 1, 2 et 3. Il les précéderait au Marienburg, au cas où il se passerait quelque chose.

Les Santubara avaient pensé à tout : sur la banquette arrière, on avait déposé une corbeille pleine de sandwichs et une bouteille de vodka. Il y avait aussi une couverture de laine, et dans la boîte à gants de la monnaie pour régler les amendes auxquelles on pouvait s'attendre dans ce pays quand on était un étranger.

Jonathan fut le dernier à arriver, on l'attendait.

« C'est qu'il va bientôt être l'heure », releva-t-on, mais toujours avec calme. Pour la forme, on lui proposa de monter devant, c'était en rapport avec l'évaluation de sa position sociale, un homme de lettres, tout de même, après tout, on avait lu son reportage sur les caves à vin provençales. Jonathan renonça à ce privilège. C'était du reste aussi ce que l'on attendait de lui, car on se plia aussitôt à sa demande et on lui ouvrit la portière arrière – on ne lui ferait pas une offre pareille deux fois de suite.

Jonathan, qui n'avait jamais passé son permis de conduire, s'installa sur la banquette arrière, et il en fut satisfait. Il y avait un petit repose-pieds, une lampe de lecture orientable et un cendrier avec éclairage. Il pouvait étaler ses papiers, il disposait aussi d'un accoudoir alors qu'on n'en avait pas prévu à l'avant de cette voiture ultra-moderne. On pouvait le relever et en dessous, si nécessaire, on pouvait intégrer un bar.

À l'avant, il lui aurait peut-être fallu discuter avec Strohtmeyer de compétitions à travers le Sahara, et le souffle chaud de Mme Winkelvoss serait arrivé jusqu'à lui par l'arrière. Jonathan posa sur ses genoux la couverture en laine, d'une admirable légèreté, et se réjouit de ce confort. Il se promit de s'approprier la couverture. Après tout, il pouvait aussi bien s'agir d'un cadeau. Il était curieux de voir comment Strohtmeyer allait conduire, il s'attendait à entendre des crissements de pneus, mais c'est exactement le contraire qui survint : la voiture filait en ronronnant. Ah, quel pilotage agréable ! On ne sentait absolument pas le passage des vitesses, mieux, on ne percevait même pas que l'on roulait – ça roulait. Combien d'inventions avaient dû converger pour que cette production de pointe de l'ingéniosité humaine fût fabriquée. Engrenages, roulements à billes, force de levier, conversions hydrauliques. Sans oublier l'essence. Et puis l'idée grandiose de remplir d'air des pneus en caoutchouc… Jonathan imagina la vitesse fulgurante à laquelle les pistons trépignaient heure après heure dans les cylindres, sans se fatiguer et sans qu'on entende quoi que ce fût ! Un léger grondement peut-être, qu'on aurait plutôt qualifié de bourdonnement. L'idée absurde lui vint qu'à des fins publicitaires, il devait poser l'index sur la route et que la voiture roulerait dessus sans l'écraser parce qu'il l'aurait placé exactement dans l'axe des rainures du pneu…

Pour se changer les idées, il pensa encore un peu aux colliers d'ambre qu'il avait vus à Danzig : Canaille ! Il faudrait bien qu'il rapporte quelque chose à sa petite amie, il en était conscient. La quadrichromie du *Jugement dernier* ne suffisait pas. Peut-être un recueil illustré sur le camp de concentration de Stutthof ?

Par la vitre arrière, il vit la ville disparaître, on aperçut encore une fois l'église Sainte-Marie, devant la perspective du port reconstruite, une usine délabrée, des ruines sur lesquelles poussaient de malingres bouleaux. La plénitude des impressions qui s'étaient gravées en lui se dissipait à chaque kilomètre. La tribu des Tziganes s'atrophiait, le marchand d'ambre s'estompait… Le cliché qu'il conservait en lui de l'appartement des Kuschinski resta à la surface – celui-là, il ne l'oublierait pas de sitôt.

La région qu'ils traversaient aurait aussi pu se trouver au bord du lac de Zwischenahn, ses maisons étaient du Schleswig-Holstein et elle respirait un certain bien-être. Mais elle était quand même aussi un peu monotone. L'appuie-tête de Mme Winkelvoss lui barrait hélas la vue vers l'avant. Il s'installa légèrement de biais, et le problème fut résolu.

Mme Winkelvoss était satisfaite, ce voyage signifiait qu'elle avait quatre jours de vacances en plus à claquer. « Et tout ça avec le soleil ! dit-elle. Jusqu'au changement de lune, nous avons une chance que le temps reste stable… Et vous pensez que ça vaut la peine, le Marienburg ? demanda-t-elle à Jonathan en se retournant dans sa direction. Ce sont des espèces de ruines ? Comme ces trucs qu'on voit un peu partout au bord du Rhin ? » Quel était le fleuve qu'ils venaient de traverser, demanda-t-elle à Hansi Strohtmeyer. L'Oder ? Non, c'était la Wisła[21].

Jonathan avait conservé en mémoire, intacte, toute sa formation scolaire, et cela ressortait à présent. Il se rappela que la Vistule était le seul grand fleuve non rectifié d'Europe, qu'elle s'ensablait donc en permanence, précisément parce que les Polonais étaient incapables de garder en état leurs voies fluviales. Il savait aussi, bien entendu, que la Vistule avait joué un rôle tragique en février 1945[22] et se promit de demander à son oncle comment il avait réussi à traverser ce fleuve tout de même assez large. Dans le tableau qu'il se brossait, pointait obscurément l'image d'un cortège de voitures, gris sur gris, venant de loin en décrivant une large courbe, et qui venait de se transformer en un trait sombre : c'étaient les gens qui refluaient vers le Reich, tout comme ils s'étaient déversés dans l'Est des siècles plus tôt.

Jonathan prit dans sa bouche un morceau de massepain. Il avait posé son bloc-notes sur les genoux et y consigna les mots « Rapport au temps ! » Il nota aussi qu'ils avaient été doublés par un officier polonais à bord d'une camionnette-triporteur – « marque Blendax », précisa Strohtmeyer. C'était manifestement un homme qui ne respectait pas les règles, car il roulait assez vite.

Des gens comme ça finissent toujours par avoir un accident avec leur engin… se dit Jonathan, et il se proposa de ne pas laisser la pitié monter en lui.

Un quart d'heure plus tard, on les arrêta : ils avaient roulé trop vite, dit le policier qui sortit d'un buisson comme un bandit de grand chemin, c'était un pays civilisé, ici, pas un circuit pour fous du volant… Et Strohtmeyer sortit sa réserve de monnaie.

Une vache morte dans le fossé, huit kilomètres derrière un camion bancal qui tourna à droite immédiatement après que Strohtmeyer eut enfin pu le dépasser. Des jardins utilisés de manière intensive de part et d'autre de la route, mais des champs détruits par le feu : « Je me demande ce que les Verts allemands diraient en voyant ça. »

Des fauteuils roulants motorisés sous des bâches en toile jaune, des voitures portant des pneus de secours sur le toit, tout cela, Jonathan le releva et il se demanda comment il allait pouvoir brosser ces notes à rebrousse-poil, et s'il pourrait même s'en servir un jour.

Les deux autres, assis à l'avant, étaient passablement occupés. Ils devaient tenir le « missel » qui éviterait aux participants au rallye d'atterrir n'importe où. Strohtmeyer dictait : « La 7, en direction de Warszawa… Au bout de trois kilomètres à gauche, une vieille grange sans tuiles flamandes, puis toujours tout droit. Deux kilomètres. Attention, nid-de-poule ! » Et Mme Winkelvoss écrivait tout cela. Comme Hansi Strohtmeyer avait ri du fourgon à trois roues, elle lui fit la leçon : et pourquoi pas ? Pourquoi ne devrait-on pas rouler à bord d'un triporteur ? Ce qui donna à Strohtmeyer l'occasion de lui rappeler que s'ils faisaient toute cette route, c'était pour vendre des huit-cylindres.

C'était déjà une idiotie que le ministère polonais du Tourisme ait interdit le balisage de l'itinéraire du rallye avec des fanions Santubara. Tout aurait quand même été beaucoup plus simple. Mais non. Résultat, ils devaient maintenant tenir le « missel ».

« Zéro kilomètre huit, à gauche une ligne de saules en trogne… »

Jonathan écouta d'abord avec intérêt – les poules qui se promènent sur la route, c'est international –, de l'avant lui parvenait l'odeur aromatique des cigarettes d'importation que fumait Hansi Strohtmeyer. Il se rappela son oncle, il revit la lourde charrette tirée par deux chevaux qui avançait en grinçant sur la route gelée, et tout en haut, sur la charrette, la paysanne qui l'avait allaité. Il la vit le sein nu, triomphant, une Terre-Mère. Ma mère y est restée, pensa-t-il, et à cet instant cela lui parut moins digne d'être mentionné. Combien de mères y étaient sans doute restées ici, en ce temps-là. La ressemblance de son oncle avec Julius Streicher. L'*Abécédaire juif* de Franconie… Comment était-il possible que deux personnes se ressemblent à ce point et que l'une soit une criminelle, l'autre la bonté même ?

Bien entendu, il pensa aussi à Maria – « À qui la faute ? » – et il se promit d'aller acheter son médicament dès qu'il serait de retour à Hambourg. Il se demanda même s'il ne devait pas appeler son amie Ulla pour qu'elle se procure d'ores et déjà une ordonnance. Curieusement, il ne pouvait pas se rappeler son propre numéro de téléphone.

Au bout de trente-cinq kilomètres, ils arrivèrent devant un panneau indicateur : « Malbork / Nowy Dwór ». Il fallait donc tourner à droite. Peut-être faire une pause ?

Hansi Strohtmeyer engagea la voiture dans le bois, ils descendirent et respirèrent profondément. Jonathan s'étira : l'arrière du véhicule n'était pas aussi follement confortable qu'il en avait d'abord eu l'impression. Ils s'assirent côte à côte sur le talus et examinèrent le panier-repas. Il contenait des fromages hollandais qui sentaient « follement bon », pour reprendre l'expression de Mme Winkelvoss.

Sur un tertre se trouvait un moulin à vent à six ailes, dont l'une était cassée. La porte claquait de temps en temps et, sur la prairie toute proche, une cigogne picorait de petites grenouilles qu'elle sortait de l'herbe humide par une patte avant de les consommer vivantes. Dans ce cas, être dévorée revenait à mourir d'asphyxie. Glisser dans l'œsophage – est-ce qu'il y avait des rainures de guidage là-dedans ? – puis dans l'estomac, où des glandes se mettaient à gicler de tous les côtés. Chez cet animal, ce n'était pas la force de création humaine, mais divine, qui s'était déployée. Et ici aussi, il avait fallu toutes sortes de ruses pour produire un tel niveau de spécialisation. Les « bas » rouges aux pattes, par exemple : pourquoi rouges, au juste ?

C'était du reste une cigogne crasseuse, elle avait le ventre gris et pas soigné, une cigogne polonaise, donc, plaisanta Strohtmeyer, ce que s'interdisait Mme Winkelvoss. En Allemagne aussi, dit-elle, elle avait vu un bon nombre de cigognes crasseuses.

Strohtmeyer s'approcha de l'animal, peut-être l'oiseau se laisserait-il caresser ? Il y parvint sans difficulté jusqu'à cinquante pas et tendit la main vers la cigogne comme pour lui proposer des cuisses de grenouille. Mais le volatile détourna la tête et finit par décamper.

Jonathan regarda fixement le fossé. Recherche d'indices : si l'on fouillait ici, on trouverait certainement encore une courroie de cuir, se dit-il, les brides de chevaux morts qui avaient glissé sur la route gelée et ne s'étaient plus jamais relevés. Ou bien des ossements humains ? Des squelettes qu'on déterrerait dans ces lieux n'iraient pas au service de médecine légale, on les réenterrerait aussitôt, il y en avait plus que suffisamment. La science ne pourrait en tirer aucune connaissance. Peut-être trouverait-on quelque part des boîtiers de films enfouis en toute hâte ? Où l'on pourrait observer le convoi traversant cahin-caha la tempête de glace ? Des soldats blessés se tiennent debout au bord de la route et demandent à être emmenés. Ils implorent les paysans, ils brandissent dans leur direction leurs membres ensanglantés, mais les paysans détournent le regard. Dans l'*Abécédaire* de M. Streicher, on voyait des Juifs que l'on chassait du pays sous un soleil rayonnant.

Était-ce à cause de la cigogne ? Lorsqu'ils reprirent la route, Mme Winkelvoss se mit à raconter l'histoire de son enfant, qui était adopté. Entre deux notes dans le « missel de la route », elle expliqua à quel point il était difficile de se procurer un enfant. L'un dans l'autre, ça lui avait coûté dix mille marks. Au bas mot !

Jonathan suivait l'itinéraire sur sa carte allemande. Il lut le beau nom de village Marienau, et juste après Brodsack.

Avait-il noté l'observation de la cigogne ? demanda incidemment Mme Winkelvoss à Jonathan ; elle se retourna dans son fauteuil confortable, bien adapté à ses rondeurs corporelles. C'est qu'il fallait tout de même que quelque chose de positif ressorte de son récit. La cigogne, le fait qu'on l'autorisait à vivre ici et qu'on la laissait picorer ses grenouilles en toute quiétude, ça contrebalançait assurément le moulin hors d'usage. C'était quand même tout autre chose que les tunnels à crapauds des écologistes allemands.

13

C'est alors, subitement, que le Marienburg se dressa devant eux. On lisait sur un panneau le mot MALBORK. La rivière dont chacun sait qu'elle s'appelle Nogat et dont on ne peut que s'étonner qu'elle porte toujours ce nom, et derrière, comme sur une carte postale, entouré de jardins ouvriers, le plus grand château de l'ordre des Chevaliers teutoniques : le Marienburg – pillé, ruiné, reconstruit, puis incendié et reconstruit une fois encore –, il paraissait peut-être un peu moucheté, mais pour le reste il était intact et inimitable. Il se dressait là depuis sept cents ans, noblesse, fierté, morgue. Jadis, on avait vanté la rigueur des mœurs de l'ordre, puis on avait haï l'arbitraire des chevaliers, et pour finir le château était tombé et le dernier maître avait dû fuir par une porte dérobée.

« Ah, c'est donc *lui* ! » s'exclama Mme Winkelvoss, qui avait dû en entendre parler en cours de sciences de géographie de l'Est lorsqu'elle était écolière. Une conférence avec diapositives, peut-être, et ensuite dessiner des blasons ? Elle était heureuse de voir enfin ce témoignage du passé allemand. Mais à quarante kilomètres de Danzig ? C'était tout de même un détour phénoménal ! Les journalistes suivraient-ils le mouvement ? C'était bien beau, la culture, mais au bout du compte les clients étaient là pour essayer les véhicules…

Porte du pont, château haut, palais Hochmeister, oui, le *Grosskomturs Dansker* – Jonathan n'eut aucun mal à les identifier. Il manquait la Vierge, cette statue gigantesque située près du chœur de l'église du château et dont les chevaliers de l'ordre apercevaient le sourire de loin – les Russes s'en étaient servis comme cible pour des exercices de tir. Peut-être trouverait-on encore dans les gravats de petites pierres avec lesquelles restaurer cette statue de grâce ? On en détenait sûrement un nombre suffisant de photos ?

Jonathan aurait aimé profiter encore de ce tableau, il aurait aimé s'installer un peu, avec sa canne et son chapeau… Il fit arrêter la voiture, descendit et s'assit sur un banc à côté d'une baraque à saucisses : l'eau de la Nogat qui coulait tranquillement. « Sur la plage claire de la Saale… » fredonna-t-il, et il observa des enfants qui jouaient dans une épave de voiture – Mme Winkelvoss se tenait à côté de lui, la montre à la main, et Hansi Strohtmeyer n'était pas descendu du tout, il feuilletait ses revues automobiles ; puis il se peigna et, lorsque ce fut fait, il alla pêcher l'appareil de poche de Jonathan et prit une photo de la baraque à saucisses, avec en arrière-plan le Marienburg et Jonathan, rêveur, devant le château.

Ils traversèrent le pont en voiture pour entrer dans la petite ville. Après tout, on n'était pas venu ici pour se divertir. On tourna un certain nombre de fois avant que Hansi Strohtmeyer n'arrive enfin sur le parking du château destiné aux touristes. À peine descendus de voiture, ils furent encerclés par des enfants qui réclamaient des stylos à bille.

« Mais c'est comme en Inde, ici », dit Strohtmeyer.

Jonathan plongea la main dans le cache-poussière qu'il avait suspendu dans la voiture et en sortit les barres de chocolat qu'il avait glissées dans sa poche pendant le vol. Il les tendit aux enfants, et un garçon les attrapa. Jonathan s'apprêtait à dire : « Voyons, il faut partager », mais le gamin était déjà parti avec. Les autres à ses trousses. Jonathan fut à deux doigts de lui courir après lui aussi, au nom de la justice ; il s'en abstint par crainte du ridicule.

« Ça n'a aucun sens, dit Hansi Strohtmeyer, qui avait observé la scène. Ils viennent ici pour trois fois rien… »

Les techniciens, eux aussi, étaient arrivés et attendaient. Ils prirent la voiture en main, ouvrirent le capot et le coffre, jetèrent un coup d'œil sous le châssis et firent le plein avec de la bonne essence de l'Ouest. Strohtmeyer attira leur attention sur un léger cognement et leur indiqua que la cinquième était nettement trop bruyante. Puis ils virent une éraflure qui allait de l'avant à l'arrière, quelqu'un était donc passé à côté de ce prodige de la technologie en y faisant crisser un clou rouillé. Une personne désireuse de se venger qu'on ne puisse pas acheter des voitures de ce genre en Pologne. Ou bien l'un des enfants auxquels Jonathan avait donné la barre de chocolat.

Pour le rallye, donc, prendre de la peinture et de la toile émeri. On ne pourrait pas infliger aux journalistes le spectacle d'une éraflure.

Pendant ce temps-là, le groupe des expulsés, ceux que Jonathan avait déjà observés à Danzig, arrivait discrètement dans un autocar dernier cri. Âge moyen soixante-sept ans et demi, et trois petits-enfants qui avaient dû promettre à leur grand-père de ne jamais oublier que tout cela avait un jour été allemand, ainsi que, probablement, une civière pour la nonagénaire.

Un peu à l'écart, trois élèves avec leur enseignant, venus de Brême, probablement une délégation du Comité socialiste des élèves du lycée général Rosa-Luxemburg, qui se turent en apercevant les personnes âgées. Ils voulaient voir comment s'exprimerait ici le revanchisme fasciste et ils lorgnaient sur la scène qui se mettait en place. Ils allaient devoir garder leurs distances avec les croulants, qu'on n'aille pas les mettre dans le même sac que ces éternels passéistes. Ensuite, revenus chez eux, ils se camperaient devant le plénum et ouvriraient les yeux de ses membres sur ce qui se préparait ici... Pour le reste, ils n'avaient encore, de toute leur vie, jamais entendu parler de l'ordre des Chevaliers teutoniques, et ils ignoraient aussi ce qu'était la Hanse.

On ne pouvait pas entrer si simplement que cela dans le monument consacré à la volonté de conquête allemande ; un policier les refoula, il fallait réserver une visite guidée, et l'on attendit un certain temps avant qu'apparaisse une femme qui parlait l'allemand. Elle décrocha la corde qui barrait le passage, dénombra son groupe et reporta le chiffre sur une liste destinée aux statistiques. Elle la remettrait le soir même, et les chiffres, mêlés à d'autres chiffres, atterriraient à la fin du mois sur le bureau du général chargé du Tourisme, qui saurait de la sorte si le nombre de visiteurs augmentait ou s'effondrait vers les abîmes. Mme Winkelvoss, elle aussi, tenait une liste : celle des durées des étapes de leur séjour. Elle regarda Hansi Strohtmeyer pour savoir ce qu'il pensait de la foutaise à laquelle ils assistaient. Mais Hansi Strohtmeyer prenait cela avec décontraction, savoir de quel type de château il s'agissait l'intéressait. Il avait vu les pyramides et le Taj Mahal, il était monté en haut de l'Empire State Building, et cette fois, donc, c'était un château. Il avait déjà vu quelque chose du même genre, en France, et au Soudan, en plein désert.

La visite guidée fut moins agaçante que prévu. On n'évoqua pas l'attaque de la Pologne par la Wehrmacht. La dame, sans doute une enseignante à la retraite, en resta aux faits. Elle attira leur attention sur la muraille d'origine et sur les compléments néogothiques, elle montra les transitions entre l'ancien et le nouveau et commenta : « Ces briques pourraient en raconter plus long que moi… »

Elle savait même qu'à l'époque, les gens avaient utilisé six cent quarante millions de briques pour construire le château. Après la guerre, il en avait fallu au moins autant pour restaurer les murs criblés d'impacts. À ce moment-là, un monsieur du groupe des expulsés fit un pas en avant et montra aux dames la différence entre les anciennes briques et les nouvelles ; il savait aussi que c'était à Malmö qu'on avait réalisé les neuves. Celles-ci avaient apparemment été construites sur place. Du moment qu'elles tenaient ! Il écrivit sur un morceau de papier : « Brique format monastère Malmö » et le donna à la femme, peut-être cette dame aurait-elle l'amabilité de le transmettre à la centrale ? Les trois élèves de Brême se regardèrent d'un air entendu.

Cette ingérence fit un peu perdre à la guide le fil de son exposé. Mais elle se reprit aussitôt. À l'époque, dit-elle, les femmes n'y avaient pas accès ; « aujourd'hui, exceptionnellement, nous pouvons y entrer ». Ça interpella, on rit agréablement et même Anita Winkelvoss, qui s'ennuyait et regardait déjà ailleurs, commença à se réchauffer.

On expliqua alors ce qu'étaient les mâchicoulis, on raconta qu'on s'en servait pour déverser de l'eau brûlante quand les ennemis approchaient, mais qu'ils n'avaient pas à avoir peur ce jour-là, la herse avait été levée, signe indiquant que les invités étaient hautement bienvenus. Le ton humoristique plut aux voyageurs du car des expulsés qui étaient peut-être déjà venus ici dans leur enfance, avec l'école ou la Jeunesse hitlérienne. Jonathan, lui aussi, était séduit par cette femme, on en aurait besoin pendant le rallye, et c'est ce ton-là qu'il devrait adopter pour son article. Anecdotique sur le principe, mais brossé à rebrousse-poil. Pas trop dingue non plus, toutefois. On devrait s'attendre à avoir également, parmi les conducteurs participant au test, des membres de la CDU[23], peut-être même des Bavarois, que ses propos pourraient agacer et qui écriraient ensuite quelque chose de désagréable sur les voitures Santubara !

Les jeunes Brêmois notèrent le mot « mâchicoulis ». C'était un exemple typique de la cruauté allemande, on en ferait un bon usage devant le plénum. Ils demandèrent à la femme si elle ne pouvait pas leur montrer encore plus de mâchicoulis, et pourquoi, pour l'amour de Dieu, le bas des tiges de fer de la herse était pointu. Avait-on allongé des Polonais dessous pour les torturer jusqu'à la mort ? Ils se réjouissaient déjà de visiter les cachots souterrains et n'arrêtaient pas de vérifier s'ils en étaient loin, de ces geôles où des chaînes étaient accrochées aux murs pleins de suie et où de la paille pourrie garnissait les murs.

Jonathan était intéressé par la défense passive : les portes, les murs, et même le pont-levis à soi seul – il était impressionné par la cohésion de l'idée de défense : ici, on avait pensé à tout. Il aurait bien aimé savoir où le château devrait puiser son eau quand il était assiégé, et combien d'hommes il fallait approvisionner ici. « Imprenable », c'est le mot qui lui vint, « cette forteresse était certainement imprenable ». Lui-même n'avait aucun goût pour le repli sur soi, il était plutôt du genre gazelle en milieu sauvage – quand le danger s'approche, on fiche le camp !

La femme avait des réponses à toutes les questions. Elle savait même que chaque occupant du château mangeait quatre kilos de viande par jour.

Les Borusses, l'ordre des Chevaliers teutoniques, le grand-duc Jagellon de Lituanie, la bataille de Tannenberg, la première et la seconde partition de la Pologne : la femme donnait aussi des leçons d'histoire, comme cela se fait dans n'importe quelle visite guidée de n'importe quel pays du monde. Après la guerre, expliqua-t-elle encore, lorsque le château fut en ruine, il existait trois camps en Pologne : ceux qui voulaient tout raser, ceux qui demandaient qu'on récupère les pierres et ceux qui souhaitaient le faire reconstruire. Le troisième parti l'ayant emporté, elle avait un emploi ici.

On disait que lorsqu'ils avaient repris le château, au XVIIIe siècle, les Prussiens l'avaient aussitôt rasé par pans successifs – ce dont les lycéens de Brême ne pouvaient pas se servir pour leur composition d'histoire. Cela sentait le désarmement ! Ils ne se ranimèrent qu'au moment où ils apprirent que les Prussiens avaient par la suite transformé la partie haute du château en caserne. Que le grand réfectoire, dans la partie médiane du château, ait servi de salle d'exercice, les réjouit visiblement. Des fenêtres murées ? Des dalles brisées ? Des voûtes enfoncées ? Mais c'était admirable ! Typiquement allemand !

Cela ne suscita pas autant d'enthousiasme au sein du groupe des expulsés, et que les explications fussent fournies par une Polonaise leur déplut profondément. Mais ces messieurs pouvaient se raccrocher à l'idée que les Prussiens avaient tout remis en état par la suite. C'était à Gilly qu'on le devait, c'est lui qui avait dessiné les ruines et montré ses croquis au roi de Prusse, lequel avait stoppé cette barbarie puis restauré le château à prix d'or…

Mme Winkelvoss demanda à Jonathan si cela l'intéressait. Ce qu'il en disait. Et s'il pensait devoir écrire un article là-dessus.

Il se mit à pleuvoir, ces messieurs-dames ouvrirent les parapluies qu'ils tenaient à la main, ou déployèrent tout simplement des journaux au-dessus de leur tête, et la guide les invita à entrer sans délai dans le bâtiment et à n'entreprendre la visite des extérieurs qu'à l'issue du parcours. C'est ainsi qu'ils se retrouvèrent dans la salle du chapitre, « où *ont eurent* lieu tous les assemblées », dit la femme dans son allemand scolaire.

Lorsque Jonathan vit les piliers minces et les tendres voussures du plafond, il pensa à ses déesses nordiques – pourquoi ne pas ajouter un article sur les châteaux du Nord ? Il sortit son bloc-notes et nota : « Dieux du Nord ! » Mais quelque part, cela n'allait pas. Les châteaux avaient aussi quelque chose de féminin.

La femme relatait à présent des choses de la vie quotidienne qui intéressaient tout un chacun : elle souleva un couvercle en laiton et désigna l'ouverture par laquelle on insufflait, l'hiver, de l'air chaud dans la pièce. Elle pointa les trous creusés dans le mur et qui permettaient d'espionner ce qui se disait dans l'église. On montra aussi la chambre au trésor – elle était vide, naturellement – dans laquelle on avait stocké cinq tonnes et huit cents kilos d'or à la grande époque de l'Ordre : doubles portes, fenêtres à barreaux. « On notera que la comptabilité était tenue avec une très haute précision... » Les registres n'avaient pas été brûlés, ils se trouvaient à Göttingen. Les expulsés poussèrent un soupir de satisfaction, alors que les lycéens se permettaient de demander à quel moment les dossiers seraient restitués.

La guide ne réagit pas aux questions des jeunes gens. D'une certaine manière, les vieux lui étaient plus sympathiques. Cela tenait peut-être au fait que les lycéens n'arrêtaient pas de bavarder et regardaient sans arrêt dans la direction opposée. Le genre de choses que les guides pour touristes n'apprécient guère.

Dans la chambre au trésor, un vieux bas-relief attira l'attention de Jonathan : Jésus dans le temple, à l'âge de douze ans, et la Sainte Famille qui le cherche. Se perdre et être cherché. Quand on vous cherche, vous n'êtes pas perdu, se dit-il, et il s'imagina abandonné sur la route en février 1945 : « Voyons, il est en train de mourir... » Il aurait alors été élevé par des étrangers, peut-être des Polonais, devrait peut-être gagner sa vie ici en tenant un restaurant et exprimerait l'agacement que lui inspireraient ces Allemands qui parlent des Polonais avec dédain... Mais peut-être le destin aurait-il aussi joué de lui autrement, peut-être aurait-il dû vendre des saucisses dans une baraque à casse-croûte : dans ce cas, il aurait accueilli les Allemands à bras ouverts.

Dans le réfectoire d'été où ils entrèrent, un artiste polonais exposait des dessins au fusain. Des représentations de camps de concentration dans le style de Käthe Kollwitz : des personnages amaigris qui s'accrochaient à la clôture électrique de la zone de feu, des SS au visage tranchant qui faisaient leur ronde en riant avec leurs chiens de berger. Les expulsés glissèrent devant ces témoignages de l'histoire allemande, tandis que le professeur de Brême revenait à la vie. Il s'approcha des tableaux et expliqua à ses élèves ce qu'est une clôture électrique, et que l'on peut identifier à trente mètres un propriétaire de berger allemand. L'un des élèves ajusta le viseur de son appareil photo devant son œil et photographia les tableaux. Peut-être y avait-il un catalogue de tout cela ? voulut-il savoir. Et est-ce que l'artiste, éventuellement, était présent ? Ils auraient volontiers discuté avec lui.

Les messieurs-dames du groupe des expulsés cherchèrent à poursuivre la visite rapidement, parce que l'un des leurs avait été prisonnier à Dachau et ne s'en était toujours pas remis. On n'avait pas prévu d'être confronté ici avec ce genre de choses ; on espérait qu'il n'allait pas griller un fusible !

Combien de temps encore cette exposition resterait-elle en place ? demanda Mme Winkelvoss, et elle fit des calculs pour établir si les journalistes seraient eux aussi forcés de voir cela. Cela pourrait avoir un effet défavorable sur les ventes de la voiture.

Pendant ce temps-là, le petit groupe avait repris sa lente progression. On leur expliquait tout, même la longueur du couloir qui menait aux toilettes, un diablotin ailé indiquait la direction, ailé parce qu'il fallait quand même se dépêcher dans ce genre de cas… On montra les latrines du grand-commandeur de Danzig, *Grosskomturs Dansker*, un bâtiment en forme de tour. Dans le plancher, un trou par lequel on précipitait les gens indésirables qui se noyaient ensuite dans la Nogat. On les invitait aimablement, on leur servait quatre kilos de viande par personne et puis on les balançait dans le vide. Il ne faut pas se baigner quand on a trop bu, disait-on ensuite.

« Mais je prropose, vous ne devez pas crroire que ce n'est qu'une légende sans confirrmation… »

Par une lucarne, Jonathan regarda l'église, en bas, elle était en ruine – des soldats allemands s'y étaient défendus en 1945, ils y avaient stocké leurs munitions et tout avait sauté.

Les messieurs-dames expulsés, qui échangeaient parfois des coups d'œil complices ou des rires réprimés, parce que certains détails leur paraissaient tout de même un peu beaucoup tirés par les cheveux, savaient que le château avait brûlé encore une fois après sa reconstruction, c'était en 1959. Ils plongèrent la femme le nez dans cette histoire. La télévision polonaise avait voulu tourner un film sur la performance des restaurateurs, il y avait eu un court-circuit et tout avait brûlé, c'était vrai, n'est-ce pas ? Et ce, plus radicalement encore qu'à la fin de la guerre. Les électriciens polonais ne connaissaient sans doute pas trop leur métier ? (Ça se voulait une taquinerie.) La Polonaise ne put faire autrement que le leur confirmer, mais elle prit sa revanche avec la petite cage qui se trouvait dans la cour et dans laquelle les Chevaliers teutoniques avaient fait enfermer le général lituanien Withold en 1410. Les Allemands avaient cru que la Lituanie avait perdu la bataille et qu'ils obtiendraient beaucoup d'argent en échange de la libération de leur duc ; mais les choses avaient finalement suivi un tout autre cours ! Cette histoire plut beaucoup aux Brêmois tendance Rosa Luxemburg, ils prirent un plaisir colossal à l'idée que les Allemands se soient pour une fois brûlé les doigts comme il le fallait ! Ils s'approchèrent d'ailleurs de la guide et lui présentèrent leurs excuses pour l'insolence des vieux débris revanchards qui calomniaient ici l'artisanat polonais. Tous les Allemands n'étaient pas du même avis ! Il existait une autre Allemagne, ils la priaient de bien vouloir en tenir compte, une Allemagne à l'esprit progressiste et qui se tenait aux côtés des États pacifiques.

On visita ensuite la salle des repas et la cuisine dans laquelle on rôtissait des bœufs entiers à la broche, dans une coque de terre cuite pour que la graisse ne se perde pas. Ensuite, on eut envie d'une petite tasse de café. Mme Winkelvoss, qui avait fait toute la visite en portant à la main une tablette de bois où elle alignait des signes + et – sur un morceau de papier, donna à la guide un billet de dix marks et lui fit miroiter la perspective du rallye, où il y aurait certainement encore plus d'un billet de dix comme celui-là. Elle nota le nom de la femme afin qu'elle, et elle seule, profite de la visite guidée à laquelle elle pourrait alors s'attendre.

Les dames du groupe des expulsés remirent à la femme une enveloppe pleine de billets. Peut-être pourrait-elle avoir l'amabilité de la transmettre à l'administration du château ? Revoir ce lieu de leur enfance leur avait causé un tel plaisir…

Le café du château avait été réservé pour le groupe des expulsés, ce que les Brêmois notèrent attentivement ; ils s'assirent sur le mur, munis de canettes de Coca-Cola, mais ils furent ensuite rudement assiégés par des enfants polonais qui voulaient eux aussi boire du Coca-Cola. Ils n'avaient donc pas conscience que le Coca-Cola était un symbole de l'impérialisme américain ? demandèrent les lycéens de Brême avec une moue méprisante.

Il restait une petite place au café Zamkowa et l'on servit aux trois Santubara du *café naturalna*, un mélange de marc de café ébouillanté et d'orge grillé. Mme Winkelvoss fut déçue : elle avait une telle envie d'un café ! Mais soit, on finirait par pouvoir le digérer, il y avait d'autres problèmes dans le monde. Après tout, ici, pendant la guerre, les Allemands n'avaient certainement pas eu de café non plus.

Hansi Strohtmeyer indiqua que les toilettes, à la cave, étaient dans un état impeccable, il fallait le reconnaître.

14

Ils traversèrent la petite ville maltraitée de Marienburg et furent rapidement arrêtés par une patrouille de police. Les policiers voulaient savoir si le modèle disposait d'une autorisation de circuler et s'ils n'avaient pas remarqué qu'ils avaient roulé trop vite.

Ils firent le tour du véhicule pour vérifier s'ils n'y trouvaient pas encore quelque chose de répréhensible. Ils regardèrent par la vitre qui était assis à l'intérieur et Jonathan, toujours en train d'étudier ingénument sa carte routière en langue allemande – « Christburg », « Hollande prussienne », quels noms admirables ! – dut présenter son passeport. Il le sortit de sa veste en tremblant.

Hansi Strohtmeyer fut contraint de décimer la réserve d'argent liquide que lui avaient confiée les établissements Santubara – il le fit avec une certaine équanimité. Les policiers ne comprirent pas le mot « quittance ». Mais le fait qu'il avait dit « Maintenant, circulez ! », ça, ils l'avaient compris, et cela donna lieu à de nouvelles négociations ânonnantes…

Lorsque l'obstacle fut franchi, ils tournèrent dans la rue suivante et s'arrêtèrent devant une boucherie. Hansi voulait s'acheter de la saucisse de Cracovie, *Krakowska kiełbasa*, qui ne coûtait ici que quelques pfennigs. Mais il n'y avait pas de cracovienne dans cette boutique dont la porte était surmontée des mots allemands, encore clairement lisibles, *Feine Wurstwaren*, on ne servait ici de saucisses de Cracovie ni contre de l'argent ni contre de belles paroles – les ménagères qui faisaient la queue pour acheter des tripes lancèrent un regard déconcerté à Hansi, comme s'il avait réclamé quelque chose d'indécent – il aurait pu acheter quelques tripes ou des pieds de porc sciés et soigneusement lavés (le sabot nettoyé à la brosse à ongles). Dehors, la voiture de police arriva de nouveau doucement, qu'est-ce qui se passait encore, ici ? S'arrêter là, devant une boucherie ? Ils comptaient y rester garés éternellement ? Il fallait tout de même qu'ils respectent un peu les lois du pays.

Hansi Strohtmeyer nota ostensiblement le numéro d'immatriculation de la voiture des policiers et dit « Bureau du tourisme ». Ensuite, le calme régna.

Quand il pensait, dit-il, à l'amabilité dont il avait fait preuve toute sa vie envers les Polonais lorsqu'il en avait rencontré en Allemagne – il leur avait toujours indiqué le chemin, etc. –, à présent ils pourraient toujours courir ! Si un Polonais lui demandait de nouveau son chemin à Hambourg, un qui voudrait aller dans le quartier chaud du Reeperbahn, il l'enverrait au Jardin botanique.

Ils continuèrent donc à rouler, en direction de Dzierzgoń, c'est-à-dire Christburg : « Descente dangereuse, puis bifurcation à gauche », et tandis que leur route les menait sous une magnifique allée de chênes, Mme Winkelvoss racontait la deuxième partie de son histoire d'adoption, le prélude, comment ils avaient décidé d'adopter un enfant étranger. Elle faisait son exposé d'une autre manière que ce qu'elle racontait d'habitude. Dans un discours à la structure dramaturgique, elle énuméra les efforts les plus variés qu'elle avait produits pour mettre en ordre son propre corps, méditation, régime et gymnastique. Mais il n'y avait rien eu à faire !

« Eh bien dans ce cas, tu t'es épargné la pilule pendant des années », dit crûment Hansi Strohtmeyer.

Elle mit en valeur, par une brillante rhétorique, ce qu'un examen gynécologique pouvait avoir d'humiliant. Qu'en tant que femme, on soit livrée à un gynécologue, et que la science n'ait toujours pas imaginé d'autres méthodes d'examen, était un véritable scandale. Mme Winkelvoss se proposa de montrer, dans cette voiture certes extrêmement confortable, mais tout de même un peu étroite, comment il fallait s'asseoir sur le siège des sièges.

Jonathan connaissait cela, il s'était rendu une fois chez un spécialiste du gros intestin et son traitement lui avait fait du bien.

La voiture ronronnait doucement sur la route jonchée de nids-de-poule et Jonathan s'étonna de la présence d'isolateurs en porcelaine sur les poteaux télégraphiques : on voyait ce genre de choses sur les anciennes photos du pays natal. Ils remontent certainement à la période allemande, se dit-il. Et les arbres de l'allée aussi ! Il aurait fallu en abattre un et compter les cernes annuels. Cent ans ? Est-ce que des arbres qui poussaient au bord de la chaussée devenaient centenaires ? Les liaisons téléphoniques avaient fait circuler les récits de voyage sur l'isthme de Courlande comme le chant des grillons, on disait que le temps était fabuleux et qu'Elke s'était baignée pour la première fois. Thomas Mann devant sa maison à Nidden, en chaussures blanches… Ensuite, ce sont les nouvelles militaires qui avaient filé dans les câbles, d'abord des messages de triomphe, puis des messages accablants. Des demandes timides en provenance de la Ruhr : Totalement incendié, ne serait-il pas possible de dénicher encore à Gumbinnen une baraque dans laquelle on pourrait crécher ? Gumbinnen, tout de même, c'était assez sûr ? Et puis, pour finir, les tout derniers communiqués, comme ceux qui passaient par les ondes courtes à la radio, presque incompréhensibles : Pour l'amour de Dieu, le Russe arrive…

Une maison de garde-voie à moitié calcinée, des hêtres et des tilleuls tout autour, qui remontaient à l'époque du Kaiser, un petit jardin ensauvagé dont la clôture était en miettes, des dahlias, des chrysanthèmes. C'était une de ces maisons où s'était jouée la vengeance du sang, une fois dans un sens, une fois dans l'autre, les cris des victimes résonnaient encore dans les cimes des arbres.

Jonathan se dit qu'il aimerait bien vivre dans une maison comme celle-là, coupé du monde, avec un chien et sans femme ? Mais plutôt non, dans ces cas-là ils entrent la nuit, couteau au poing, et où peut-on bien aller chercher ses petits pains le matin, dans ce trou perdu ?

Ce fut un trajet confortable. Malheureusement, les deux personnes voyageant à l'avant fumaient pour l'un des cigarettes égyptiennes et pour Mme Winkelvoss des cigarillos épais comme des allumettes avec un fume-cigarette doré : les bouffées s'éloignaient l'une après l'autre vers l'arrière, il était impossible de les dissiper en actionnant l'aération intérieure qui avait été conçue de travers, comme toutes les aérations de toutes les voitures du monde entier. Le flux qui sortait des buses souffla vers l'avant la chevelure clairsemée de Jonathan. Il finit par baisser la vitre, malgré le courant d'air qui passait sur la nuque d'Anita.

Lorsque Mme Winkelvoss eut terminé sa deuxième ration d'histoires – l'idée d'adopter un enfant, c'est-à-dire de le sauver, et la découverte du fait qu'il y avait une liste d'attente pour ce genre de projets –, elle commença à s'agiter. Il fallait qu'elle descende, dit-elle, et Hansi Strohtmeyer eut l'inélégance de demander si c'était pour la petite ou pour la grande.

Il fallait qu'elle y aille pour la petite, pour reverser le café, plus précisément, elle n'y pouvait rien.

C'était un spectacle singulier, cette femme en corsage bouffant qui allait patauger dans la forêt avec ses chaussures à talons hauts et son pantalon noir à pattes d'éléphant, enveloppée de foulards de toutes les couleurs et chargée de vingt-six colliers (plus une ceinture décorée de laiton à la taille). S'il y avait eu des singes dans cette forêt, ils l'auraient suivie de branche en branche.

Les hommes descendirent eux aussi et s'étirèrent. Puis ils marchèrent lentement dans la direction opposée, sur une étroite route asphaltée, fermée par un portail qui pendait de biais sur ses gonds. On y lisait en polonais que le passage était interdit. Ils escaladèrent donc le portail et partirent à la découverte. On n'avait plus roulé depuis longtemps sur cette route, toutes sortes de végétaux avaient percé et cassé le goudron.

« Je n'ai jamais vu ça, dit Hansi Strohtmeyer, ils pourraient tourner tous les films qu'ils veulent, ici ! » Ça lui rappelait ce film, là, avec le Russe, comment s'appelait-il, déjà ?

Ils trouvèrent finalement une usine à moitié en ruine, du même type que celles qu'on peut voir en Allemagne quand on prend le train et qu'on regarde attentivement par la fenêtre. Des halls, il ne restait plus que les murs extérieurs, et la cheminée était cassée. Le silence était extrême, le bruissement des arbres, le ciel bleu et, tout en haut, en l'air, deux oiseaux de proie décrivaient des cercles.

Jonathan se rappela le livre *Documentation de l'expulsion* qu'il avait acheté à Hambourg, il se souvint d'un rapport sur une usine abandonnée qui avait servi de « camp d'internement » pour les Allemands, un camp dans lequel les gens étaient morts de faim, de coups ou du typhus. Des détails atroces, consignés officiellement en vue d'une exploitation à la saint-glinglin. S'agissait-il de cette usine-là ?

Hansi Strohtmeyer brisa quelques-unes des toutes dernières fenêtres. Il était pêcheur, raconta-t-il, en faisant la liste de tout ce qu'il avait déjà pris à son hameçon.

Et Jonathan se demanda pourquoi il ne fichait pas la paix aux poissons, après tout, pour manger, on pouvait aussi bien ouvrir une boîte de conserve.

Ils firent demi-tour : qu'ils sont gros, ces arbres, ils sont au moins centenaires ! Et dire que les Polonais des services forestiers ne se doutaient sûrement pas de leur existence ! N'avaient-ils pas abattu les derniers chevaux sauvages ? Et les bisons ? Tout ce qu'on pourrait tirer de ce pays avec les méthodes de l'économie de marché ! Élever des cerfs et les faire descendre par des capitalistes ouest-allemands, moyennant *money*.

Près d'une clairière, ils tombèrent sur un cimetière recouvert de lierre. Il s'avéra qu'on y avait enterré des Polonais soumis au travail forcé, et juste à côté deux tombes soviétiques, de petites pyramides surmontées d'une étoile rouge.

« Où est-ce qu'ils ont bien pu mettre les Allemands au frais ! »

Pendant ce temps-là, Mme Winkelvoss n'avait pas eu la tâche facile. Lorsqu'elle était revenue de ses petites affaires, elle avait vu deux hommes qui s'activaient sur la voiture comme des babouins dans les safaris-parcs. Le premier était assis dans le véhicule soigneusement lavé et tournait le volant, l'autre avait mis sur sa tête la casquette Prince Henri de Hansi Strohtmeyer et fouillait le panier à pique-nique. Anita n'avait plus eu le temps de se cacher. On l'avait déjà vue, et partir en courant n'aurait servi à rien.

Elle dut donc se laisser accoster par ces types ; l'un des deux, qui venait de prendre une gorgée dans la bouteille de vodka, reboucha le flacon et se mit à compter les colliers qu'elle portait autour du cou.

Les travaux d'approche masculins étaient donc déjà allés assez loin lorsque Jonathan et Hansi Strohtmeyer sortirent de la forêt. Et il n'aurait pas fallu une seconde de plus !

Jonathan songea aussitôt à prendre la fuite. Allait-il se laisser tuer ici ? Sa mission était d'écrire un article sur les richesses culturelles de la République populaire de Pologne. Il n'avait pas été question d'un meurtre, or c'est précisément ce qui l'attendait ! Il voyait déjà les titres du journal : « Un journaliste allemand et un célèbre pilote automobile retrouvés assassinés, la femme violée à plusieurs reprises ». Mais le meurtre et l'assassinat n'eurent pas lieu cette fois-ci. L'homme qui était au volant mit le contact, l'autre monta à l'intérieur et ils suivirent des yeux, tous les trois, leur beau huit-cylindres.

« Il n'y a plus rien à faire, dit Hansi Strohtmeyer lorsque la poussière se fut redéposée. Maintenant, il faut décamper. »

Et ils partirent à pied, comme trois vagabonds. Quelle histoire ! La voiture qui avait pris le large, avec tous les bagages, et les passeports ! L'argent !

Jonathan avait au moins son portefeuille sur lui, et la grande carte de Pologne avec les noms allemands, et son appareil photo de poche. Mais toutes ses notes avaient fichu le camp ! Comment pouvait-il écrire son article sans notes ! Sans même parler du brossage à rebrousse-poil.

Strohtmeyer avait en revanche perdu sa casquette, qu'il portait déjà en Afrique, et sa veste en tweed qui ne ressemblait à rien, mais qu'il avait achetée à Londres pour une jolie somme. Anita Winkelvoss, avec ses masses de vêtements, ne se plaignait pas, au contraire. Ça tombait bien, dit-elle, elle allait enfin pouvoir retourner faire une razzia dans les boutiques de Francfort.

Ils passèrent les deux premiers kilomètres à s'énumérer mutuellement tout ce qu'ils avaient perdu. Comme pendant la guerre, après les bombardements ! Jonathan se rappela que l'adresse des Kuschinski avait elle aussi disparu. Qu'allaient-ils penser de lui s'il ne donnait plus jamais de nouvelles ? Ensuite, Mme Winkelvoss se tordit le pied, le talon de sa chaussure gauche avait cassé, sur quoi elle ôta ses « savates », pour reprendre son expression, les jeta dans la forêt et continua à marcher sur ses petits pieds fermes et nus, à travers la belle nature, avec les oiseaux de proie qui tournaient au-dessus d'eux, et elle était à deux doigts de crier youpi. « C'est fabuleux, ce que nous vivons ! »

Était-elle donc pure spontanéité ? Elle agitait les bras pour avoir de l'air frais, elle parlait avec exaltation des rosiers grimpants et de l'équitation : ce que vous avez de vivant entre les jambes, c'est qu'ils avaient acheté un poney pour Cariossa, un jour elle avait pu accompagner ses parents sur son dos et l'on avait découvert à cette occasion que son mari était champion d'Allemagne de conduite d'attelage à huit chevaux. Elle atteignit pour finir un tel degré d'exaltation qu'elle bouscula Hansi Strohtmeyer et que celui-ci lui fit le plaisir de tituber sur la chaussée, qui était certes admirable, mais sur laquelle ne fonçait hélas, pour l'heure, aucune voiture, aucun Polonais, aucun touriste, aucun autocar ouest-allemand luisant de propreté, ni aucun triporteur motorisé à toit orange.

Sur les kilomètres suivants, la promenade se transforma en une chasse aux œufs de Pâques. Ils durent ramasser toutes les affaires que les Polonais avaient jetées par la fenêtre de la voiture. La première chose qu'ils trouvèrent fut la tablette rose d'Anita, puis, accrochée dans les buissons, la veste en tweed de Hansi, achetée à Londres, six cents livres, avec le passeport dans la poche intérieure, ce qui incita Strohtmeyer à demander s'il ne s'agissait pas, peut-être, de Biélorusses ? C'est-à-dire de gens tout de même encore capables de faire preuve d'empathie ?

Lorsqu'ils passèrent finalement devant un lac, doté de bancs pour se reposer et d'un petit parking, ils virent que les Polonais s'étaient comportés en Européens : ils avaient certes pillé les valises, mais les avaient laissées sur place – le sac de Jonathan s'y trouvait lui aussi. Ses notes voletaient au-dessus de la route comme des flocons de neige. L'argent avait filé, ça allait de soi, et Anita avait perdu son petit bracelet brésilien, ce qui l'attrista pour un moment. Elle ne l'avait pas acheté si bon marché que ça, à l'époque, lorsqu'ils étaient allés chercher Cariossa, mais peu importait, l'essentiel était qu'ils fussent sains et saufs. Tandis qu'ils rassemblaient et triaient leurs affaires, le bus des expulsés ouest-allemands, qui arrivait de loin, se rapprocha. Ils coururent tous les trois sur la route et agitèrent les bras : Arrêtez-vous ! SOS ! Mais le chauffeur du bus ne fit rien de tel, il roula doucement devant eux et les passagers les regardèrent d'en haut en se demandant quels drôles de personnages couraient et leur faisaient signe ici, sur la route.

Hansi Strohtmeyer prit l'initiative de poursuivre son chemin tout seul pour aller se procurer une bagnole susceptible de rouler. Même s'il était pilote de course, pour cela il allait falloir un peu de temps. Ils n'avaient qu'à s'asseoir tous les deux ici et l'attendre, ici. Un gigantesque vieux chêne fendu pendant un orage leur servirait de point de ralliement.

Strohtmeyer s'éclipsa donc, tandis que les deux autres remballaient leurs valises et leurs sacs, s'asseyaient sur un banc et regardaient le lac, un lac qui avait été jadis un lac allemand, avec des poissons allemands dedans, un lac dans la glace duquel on enfonçait un pieu l'hiver pour que les enfants y jouent au manège avec leurs patins, et la glace si claire qu'on pouvait voir les poissons dessous.

Anita était toujours sous le coup de l'écœurement que lui avaient inspiré les deux Polonais, elle ne s'en débarrasserait pas si facilement, dit-elle, et elle raconta très précisément comment ce type l'avait touchée avec ses doigts, et que la première chose qu'elle ferait à leur retour en Allemagne serait de donner toutes ses affaires au pressing, ça allait de soi. Elle s'accroupit au bord de l'eau, se rinça les mains et dit : Beurk !, elle était écœurée, et Jonathan pensa aux femmes de 1945, ce qui leur était arrivé quand les Russes avaient fait leur apparition, et il pensa : « Tu vois bien ! »

Mon Dieu, et la belle voiture ! Si ça se trouvait, les Polonais s'en servaient pour transporter des oies !

Jonathan répondit qu'il ne pensait pas que les Polonais transportent des oies dans leur voiture. Si un huit-cylindres faisait son apparition quelque part dans ce coin, les voleurs se feraient immédiatement appréhender. Non, pas d'oies. Ils emporteraient certainement le véhicule ailleurs, peut-être à Varsovie ?

Encore une sorte de réparation, cette manie du chapardage...

« Quand on voit la nature, ici, finit par dire Mme Winkelvoss, un lac après l'autre, et pas un être humain à la ronde ! » Quel capital cela représentait, on pouvait faire du surf ou de la voile, ou bien simplement nager... « Construire un hôtel à cet endroit, avec un café... ça serait une mine d'or ! » Des lacs comme celui-là, on n'en trouvait plus nulle part ! Elle avait extrêmement envie, dit-elle, d'enlever tout ce qu'elle portait et de se jeter dans l'eau.

Jonathan lui demanda si elle savait siffler avec ses deux doigts. Non, ça, Mme Winkelvoss ne savait pas le faire, elle savait juste siffloter entre ses lèvres, et encore, si personne ne la faisait rire. Jonathan ne savait pas siffler non plus. Il claqua des mains et il y eut un écho, mais il valait mieux s'abstenir de battre des mains, cela attirerait peut-être d'autres types auxquels on serait ensuite livré pieds et poings liés.

Était-ce l'air frais du lac, ou bien son comportement d'homme du monde ? En tout cas, Mme Winkelvoss cherchait un soutien et le collait un peu. Mais Jonathan ne se sentait pas inspiré. Est-ce qu'elle comptait lui sauter dessus ? La réalité était plutôt qu'il se trouvait déplacé, en pleine nature, avec son nœud papillon à pois et sa veste italienne.

À proximité se trouvait une cabane, elle était sombre et sentait le carbolineum. Emportée par son exaltation, Mme Winkelvoss alla inspecter cette bicoque ; elle y découvrit deux barques. Elle appela Jonathan, il fallait qu'il vienne voir ça, il y avait des canots, il devait lui donner un coup de main !

Ils en sortirent un laborieusement et le poussèrent vers l'eau. « Nous allons le mettre à l'eau », dit Mme Winkelvoss, et il s'avéra que ça n'était pas si simple.

Lorsque ce fut finalement accompli, Anita prononça des paroles assez confuses : N'était-il vraiment qu'un aigri ? C'était difficile, pour une femme, de convaincre un homme de faire ça…

Jonathan fit comme s'il ne comprenait pas ; et peut-être ne comprenait-il pas, effectivement.

Aussitôt après, Anita lui raconta que son mari était une vraie cloche, mais le plus beau, c'est qu'il avait des petites amies partout ! Pourquoi elle, en tant que femme, ne pouvait-elle pas pêcher un homme de temps en temps ? À cet instant, Jonathan n'avait pas la sensation d'être un homme, plutôt un écolier avec son cartable sur le dos, et le chiffon à ardoise pendant à l'extérieur. Il ne réagit pas à la cour que lui faisait cette femme d'âge mûr, et Anita finit par renoncer. Elle se déshabilla et, les bras écartés, descendit pas à pas dans le lac de forêt sombre et froid. Elle passa les mains à la surface, finit par se lancer et nagea vers l'intérieur, ou vers le large, ou ce qu'on dit dans ces cas-là.

15

Trois heures plus tard, Hansi Strohtmeyer arriva au volant d'une nouvelle voiture en location. Il avait longuement discuté au téléphone avec le poste de police. Ils pouvaient bien entendu faire une croix sur le huit-cylindres, mais ils pouvaient aussi compter sur la voiture des techniciens quand ils auraient atteint Sensburg, et tout ce qu'ils avaient perdu leur serait bien sûr remplacé. Les établissements Santubara, qui entretenaient même un petit orchestre symphonique, ne mégoteraient pas sur le social. Ce qui était bien, c'est que la longue éraflure au flanc de la voiture en réduirait la valeur.

Dès qu'elle vit Hansi Strohtmeyer, le système nerveux de Mme Winkelvoss dérailla un peu. Elle avait noué ses cheveux humides en petites tresses ! Ah ! Maintenant, à l'hôtel, et le plus vite possible. C'était son unique désir, et elle exhorta Hansi Strohtmeyer à rouler aussi rapidement que faire se pouvait dans les allées bordées d'arbres, on commençait à les connaître, au fond c'était toujours la même chose. Il faudrait faire venir l'Automobile Club allemand dans ces parages, il leur réglerait leur compte, aux arbres !

Ils traversèrent aussi une palette hétéroclite de villages et de petites villes que Jonathan aurait normalement dû visiter. Il suivait le trajet sur la carte et dans le guide, espérant grappiller au vol les éléments culturels qui subsistaient ici et qu'il faudrait proposer pour le rallye.

Ils traversaient les villages à toute vitesse, apercevant dans chacun d'entre eux un kiosque grillagé – « Frygti » – et du linge pendu aux clôtures, des chèvres, des moutons, des maisons aux toits de tôle. Une vache, qui se tenait au bord de la route, leva la tête : « Rappelle-toi que nous avons un jerrican d'essence », dit Mme Winkelvoss tandis qu'ils roulaient dans un bruit de tonnerre sur la chaussée pavée. Comme ils avaient à présent une plaque d'immatriculation polonaise, on ne les arrêtait plus.

Des bottes de paille en faisceaux dans les champs, un cheval qu'on rossait parce qu'il n'arrivait pas à tirer la charrette, un veau ligoté dans une cage en bois sur une remorque de tracteur aux pneus de caoutchouc, de gigantesques plantes en ombelles et une nonne poussant une brouette. Des bâtiments récents qu'on avait commencé à construire, puis abandonnés – tout cela défilait à côté d'eux. Allenstein – oh mon Dieu, oui. Olsztyn. « Inscrivez-les pour tous les temps. » Cette ville, les Allemands l'avaient abandonnée en prenant leurs jambes à leur cou en 1945, la veille au soir encore ils allaient au cinéma et, le matin, le Russe était là. Toute la ville était tombée sans dommages aux mains de la glorieuse armée soviétique, et ensuite ils l'avaient incendiée, y compris les magasins, alors qu'ils auraient bien eu besoin de ce qu'ils contenaient.

Toutes sortes d'usines, de terrils de gravats, des grappes humaines devant chaque autobus – à Allenstein, ils firent tout de même un arrêt.

La première chose qu'ils virent fut un ivrogne allongé en travers du trottoir – les gens le contournaient. On voyait aussi ce genre de choses au Canada, dit Hansi, des Indiens ivres morts, il les avait vus un jour à Calgary, par rangées entières, côte à côte. Mais une fille avec une vache sur un terrain rempli de gravats au milieu de la ville, ça, pour lui, c'était une nouveauté.

Tandis que Hansi Strohtmeyer allait téléphoner pour s'assurer que la voiture des techniciens serait à leur disposition le lendemain – et quand on a besoin de ces gens-là, ils ne sont pas là –, Jonathan arpentait la ville à pas lents et prenait des notes. Le château où se trouvait le musée Copernic (fermé le lundi), une porte de la ville et l'église Saint-Jacques : l'égale de ses déesses nordiques. Au marché, paysans et négociants avaient étalé leurs produits sur le pavé : têtes de choux, carottes, bonbons maison, vêtements de l'Ouest, robinets rouillés, chaussures déjà portées. On se serait cru aux puces de Hambourg.

Jonathan s'apprêtait déjà à revenir à la voiture lorsqu'il remarqua un vieil homme au pantalon insolite, comme une tenue d'équitation, et qui avait disposé quelques livres devant lui, des classiques russes, un recueil de cantiques, des journaux – et un album photo. Jonathan le prit en main et le feuilleta. Il illustrait manifestement la vie d'une famille allemande. Il commençait en 1922 avec la photo d'un couple de jeunes mariés, et les derniers tirages dataient de 1944, un cliché du père mort au combat. L'année 1936 était elle aussi représentée, les Jeux olympiques à Berlin, deux grosses femmes avec des sacs à main minuscules à la porte de Brandebourg : chaque croix gammée avait été minutieusement effacée à la lame de rasoir.

Mme Winkelvoss était restée dans la voiture, les vitres fermées. Des jeunes tournaient autour du véhicule. Elle avait eu l'impression qu'elle allait prendre racine ici, cela faisait déjà plus de quarante-cinq minutes qu'elle attendait ! dit-elle à Jonathan, qui lui demanda comment ça s'était passé pour elle.

Hansi ne tarda pas non plus à arriver, en annonçant : « Tout vô ben ! » Il se posait des questions sur le nombre de chiens qu'il y avait dans cette ville, tous des bâtards. Si l'on devait un jour les dissocier, toutes ces races, on aurait de quoi faire. Il avait repéré un restaurant, on pourrait peut-être manger quelque chose ?

Ils comptèrent l'argent que Jonathan avait sauvé, puis les hommes encadrèrent Anita et s'installèrent dans le café, qui remontait aux années 1930, et tentèrent de faire comprendre à la serveuse qu'ils avaient faim. « Casse-croûte, casse-croûte, comme s'exprima Hansi, *eaten, kouchatieren… manger…* » Manifestement, on ne servait que de la bière dans ce restaurant où une part de gâteau à la crème avait jadis coûté trente pfennigs. Mais le patron finit par arriver et leur proposa de la salade de poisson.

Tout en attendant leur plat, que le patron était allé acheter dans la boutique voisine, Jonathan feuilletait son guide de voyage. Il lut que les habitants d'Allenstein avaient voté à 97,7 % pour l'Allemagne en 1920, et seulement à 2,3 % pour la Pologne. Restait-il encore 2 % d'Allemands aujourd'hui à Allenstein ?

En tout cas, le restaurant avait encore l'air sacrément allemand. Compensation des charges – combien d'indemnités l'ancien propriétaire avait-il bien pu recevoir ?

Jonathan sortit son petit appareil de sa poche et prit quelques photos du mur dont le lambris de bois dessinait une sorte de décor. Il aurait mieux fait de s'en abstenir, car peu de temps après des hommes se dressèrent à l'arrière-plan et « prirent une attitude menaçante ». Qu'est-ce qui lui passait par la tête, de venir les prendre en photo, etc.

Jonathan tenta de leur expliquer combien l'agencement du mur était admirable, ce lambrissage d'une telle sensibilité, et que ce n'étaient pas ces hommes qu'il avait photographiés, seulement ces structures étonnantes… Et il essaya de se comporter comme Hansi Strohtmeyer avec les hommes de la forêt, objectiver les différends, mais cela ne fonctionna pas. On l'attrapa par le revers, on le poussa contre la table, l'homme qui l'avait saisi prit son élan et le frappa à l'épaule. En réalité, il avait voulu atteindre son menton, mais ce n'est pas si facile d'atteindre un menton, même les boxeurs, sur le ring, n'y arrivent pas toujours. Il y eut une assez vaste mêlée, mais Hansi Strohtmeyer s'interposa et, comme on s'en aperçut seulement à ce moment-là, il avait les bras passablement musclés…

Lorsque le patron apporta la salade de poisson, les cogneurs relâchèrent la pression ; Jonathan et les siens prirent la fuite.

C'étaient probablement des réfractaires au travail, dit Strohtmeyer, des gens qui passaient leur temps à traîner là au lieu d'aller porter des pierres sur les chantiers ; ils avaient peut-être pensé qu'on était en train de les photographier et qu'on les dénoncerait ensuite…

Ils filaient aussi vite que possible à bord de leur « boîte de conserve », on aurait juré qu'ils étaient poursuivis. Mme Winkelvoss distribua ses derniers bonbons contre la toux, pour calmer la faim.

« Une bonne chose que nous n'ayons pas mangé la salade de poisson », dit Hansi Strohtmeyer. Un jour, à Recife, il avait mangé de la salade de poisson. Ensuite, il avait passé trois semaines à l'hôpital.

La journée était déjà avancée, ils rencontraient dans l'obscurité des charrettes à chevaux sans éclairage et la question était de savoir s'ils pourraient seulement obtenir encore quelque chose à manger à Sensburg. La voiture des techniciens était garée devant l'hôtel, Hansi Strohtmeyer roula pour se ranger à côté et tira le frein à main. Mission accomplie !

Les mécaniciens arrivèrent en courant, on aurait dit qu'ils voulaient soutenir Mme Winkelvoss ! Ils avaient naturellement mauvaise conscience. Au lieu de rouler à portée de vue derrière Hansi Strohtmeyer, ils étaient restés jouer au skat à Sensburg. Il y eut une vive discussion, ils avaient déjà vidé la voiture atelier, l'avaient encore une fois vigoureusement lavée, et elle ne présentait presque aucune différence avec celle qui avait disparu, si ce n'est que Jonathan ne disposait pas de lampe de lecture à l'arrière. Il n'avait qu'à prendre sa lampe de poche, cria M. Schütte avant de lui coller dans la main une torche à la lueur de laquelle on avait certainement déjà réparé des voitures. La plupart des mécaniciens comprenaient qu'ils allaient devoir faire le retour à bord de la guimbarde. Ils se mirent aussitôt à inspecter l'engin.

Alerté par la Centrale, le général chargé du Tourisme avait appelé lui aussi. Il dit qu'il était désolé et que si l'on mettait la main sur les voleurs ils seraient bien entendu sévèrement punis.

Dans le hall, le groupe des expulsés allemands voyageurs se balançait : « Bleu bleuet, bien bourré… » Des gens qui, comme le releva Strohtmeyer, réservaient d'habitude à Istanbul, trois jours pour cent quatre-vingt-dix marks.

Dieu, protège-nous de la pluie et du vent
Et des Allemands à l'étranger…

Ces gens n'avaient aucune idée de ce que l'on peut vivre en Pologne, ils étaient venus dans leur bus à climatisation intégrale, toilettes sèches et sièges couchettes, et c'était à bord de ce bus qu'ils rentreraient chez eux. Et maintenant, ils chaloupaient en chantant leurs chansons à boire, et présentaient au personnel polonais la bonne humeur spécifiquement allemande.

On ne pouvait pas se procurer de journaux allemands à l'hôtel Orbis, mais une bouteille de vodka, si. La soirée promettait d'être animée !

Ils se retrouvèrent tous les trois à une heure tardive. Il restait quelque chose à manger et la carte du restaurant méritait qu'on s'y penchât. Ils commencèrent par manger une soupe au pain avec de la saucisse, puis du magret de canard. Le vin était trop sec pour un doux, estima Mme Winkelvoss, et Hansi Strohtmeyer jugea que sur une soupe au pain, on devait voir nager les croûtons, sa belle-mère avait toujours fait comme ça. Avec le magret, on servit des pommes de terre grasses et grillées assaisonnées au thym, ce qui suscita des applaudissements. On pouvait oublier la salade, elle attendait depuis des heures sur la desserte. Une vraie salade de restaurant d'autoroute.

Mme Winkelvoss avait trouvé à l'hôtel une lettre annonçant que M. Schmidt allait les rejoindre à Danzig, le critique gastronomique, celui qui avait procuré des champignons de Paris, en France, à des officiers allemands. Il leur disait qu'ils pouvaient déjà chercher à savoir si l'on servait de l'agneau de lait à Sensburg. Le mieux était d'empocher la carte du menu et de l'emporter. Elle décrivit avec un peu plus de distance la peur qu'elle avait ressentie dans la forêt à l'idée d'être violée par ces deux types crasseux – l'histoire allait entrer dans son fonds d'anecdotes – et annonça qu'à Francfort elle allait enfin suivre ce cours d'autodéfense auquel elle comptait s'inscrire depuis longtemps. Taper dans les roubignoles du mâle salace, elle y arriverait encore sans problème…

Hansi Strohtmeyer, qui avait déjà bu quelques verres de gnôle, osa une remarque grossière. Violer ? Mais elle était stérile, non ? Hein ? Pourquoi était-elle aussi excitée ? Pour le reste, il révéla aux deux autres qu'il avait une passion pour les autocars de trois cent cinquante chevaux, il fallait imaginer ça ! Diriger un véhicule pareil – douze mètres de long – dans des rues étroites, ça devait être quelque chose ! On vole avec élégance au-dessus de la chaussée. On n'entend pas le moteur parce qu'il est à l'arrière, et l'on ne remarque pas non plus la boîte de vitesses. Quant à la direction assistée, elle a une force de découplage incroyable. Il mima le chauffeur assis, en hauteur, la fenêtre en dessous de lui. Le siège du conducteur pouvait être affermi artificiellement et il était bien entendu monté sur suspension pneumatique. Avec de gigantesques rétroviseurs extérieurs réglables électriquement.

Après le repas. L'hôtel se trouvait au bord d'un lac et la nuit était douce. On devinait, dans l'obscurité, que l'hôtel aurait normalement dû être deux fois plus grand. L'aile gauche, une erreur d'investissement, était « dans le coin, assez obscure », comme le dit Hansi.

« Ils ont dû manquer de flouze. »

Ils s'assirent à une table et, bientôt, le serveur apporta un *piwo* après l'autre, et la vodka qu'ils avaient achetée de leur côté était rangée à leurs pieds.

De l'extérieur, on entendait d'un côté une compagnie de danse populaire polonaise qui répétait manifestement pour un festival folklorique ; d'un autre côté, les touristes allemands se faisaient remarquer par des chants qui devenaient agressifs et dont les Polonais, Dieu soit loué, ne comprenaient pas les paroles.

Hansi recommença à parler de sa marotte pour les autocars, et Anita Winkelvoss évoqua une amie qui ne connaissait rien aux voitures et avait acheté une 2 CV d'occasion, deux chevaux et demi dans le moteur ; elle était partie avec en Italie et en Espagne sans jamais se rendre compte que la deux-pattes avait une quatrième vitesse.

Hansi était capable d'imiter le bruit d'une Trabant qu'on pousse trop fort, en faisant des claquements de doigts. Il parla aussi de son rallye africain, quand il avait traversé le Sahara aller-retour, et du jour où il était resté coincé dans un fleuve en Amérique du Sud. Puis Anita Winkelvoss expliqua en détail l'idiotie dont avait fait preuve Jonathan en prenant Hansi pour un « chauffeur ». Savait-il à quel point Strohtmeyer était célèbre dans les milieux spécialisés ?

Cette nuit romantique, à laquelle la lune contribua elle aussi, s'acheva, peu avant la soûlerie complète, sur une longue plaisanterie où il était question d'un patron de bar à la recherche du client qui avait chié dans son ventilateur.

16

Le lendemain matin, ils prirent la voiture des techniciens : ils devaient simplement être un peu plus prudents, et mieux veiller au grain ! leur fit savoir M. Schütte, des établissements Santubara : ils ne pouvaient tout de même pas mettre sans arrêt de nouveaux véhicules à leur disposition !

Autrement, on avait disposé sur la banquette arrière quelques gentilles attentions, une tablette en cuir gris pour Jonathan et pour chacun une sacoche contenant savon, crème, dentifrice, etc. Chacun reçut en outre deux cents marks, ce qu'Anita Winkelvoss nota sur sa tablette rose.

Il manquait hélas une nouvelle couverture en laine ; Jonathan s'était réjoui à l'avance de la recevoir.

Ils firent encore une brève halte en ville. On les arrêta une nouvelle fois, on avait déclaré la disparition d'une Santubara huit-cylindres grise, dirent les deux policiers, tout le monde descend ! – Est-ce qu'ils pouvaient prouver que la voiture leur appartenait ?

Ils pouvaient le prouver. Mais cette fois encore, ils avaient roulé trop vite, et l'on en dressa procès-verbal.

Les policiers étaient passablement collants. Hansi dut ouvrir le coffre, ainsi que les valises ; cela dura un certain temps et tout était très suspect. Lorsque l'un des policiers alla jusqu'à tripoter la veste de Jonathan, Hansi demanda : « T'as le droit, ça ? » Et ce fut la fin de la fouille.

Jonathan regardait par la vitre. Une charrette passait devant lui, avec un chien sous l'essieu arrière. Dans les villages, des paysannes qui se retournaient sur la voiture, des enfants qui leur faisaient signe, une allée de peupliers argentés avec un ruisseau.

Hansi Strohtmeyer roulait, autant que possible, au milieu de la chaussée. Si un chevreuil arrivait, cela lui laisserait un quart de seconde de plus pour réagir. Il s'arrêta une fois, s'activa à l'extérieur et rentra dans la voiture au bout de quelques minutes.

« Qu'est-ce que c'était ?

– Nous avions un pneu crevé. »

Jonathan se réjouit que leur voyage fût déjà en train de « basculer ». Ce jour-là, ils allaient faire un grand détour et atterrir le soir à Danzig. Il mit en ordre les feuilles de papier qu'il avait ramassées sur la route. Il y ajouta quelques notes prises dans le guide, car il n'était pas prévu de s'arrêter quand une église se montrait.

« Comme dans le nord de l'Allemagne.

– Ne va pas dire ça à un Polonais. »

Ce qui était magnifique, c'était que dans cette voiture-là non plus il n'y avait pas de radio.

À l'avant, le conducteur et sa passagère tenaient le « missel » à jour, infatigables et minutieux :

Attention ! Passage en nid-de-poule !

Et pendant ce temps-là, Mme Winkelvoss poursuivait le récit de son adoption : la femme de l'action sociale avait passé son temps chez eux, revenus, santé, antécédents politiques, ascendance jusqu'à l'arrière-grand-père. Tout cela avait dû être traduit puis envoyé là-bas, deux classeurs au total. Ah, elle oubliait : la preuve que l'on ne pouvait plus avoir d'enfants soi-même.

Pendant ce temps-là, ils traversèrent un très beau village, manifestement très ancien. On voyait des maisons à colombages exceptionnelles, des « maisons à arcades » et une église en brique rouge dotée d'un haut clocher.

Jonathan finit tout de même par crier : « Stop ! » Les deux autres sursautèrent : qu'est-ce qu'il y avait, encore ? Et ils s'arrêtèrent devant l'une de ces vieilles maisons qui était manifestement protégée par quelque chose comme les Monuments historiques. Jonathan alla photographier l'avant et l'arrière, il photographia aussi la clôture, un assemblage de vieux sommiers métalliques. Ce serait tout de même extraordinaire si des noces villageoises étaient prévues ici prochainement, par hasard, et si l'on pouvait inciter les gens à y laisser participer les journalistes du rallye, moyennant rémunération, bien entendu…

Hansi Strohtmeyer se rendit au bazar du village pour demander s'il avait de la saucisse de Cracovie, et Mme Winkelvoss changea de pantalon dans la voiture, le sien était tout de même un peu trop chaud pour cette journée. Un vieil homme se présenta à la clôture et donna raison à Jonathan, oui, c'était réellement une très belle maison, et elle était encore en parfait état à l'intérieur, est-ce qu'il voulait y jeter un coup d'œil ?

On ouvrit la porte en sommier et l'on demanda à Jonathan d'entrer. De fait, c'était une belle maison, des colombages et des piliers sculptés à l'avant, et la grange, elle aussi, méritait le détour, elle devait avoir deux siècles. Invasion russe en 1914, Seconde Guerre mondiale. Russes, Polonais, Allemands – cette grange avait survécu à tout.

Une jeune femme arriva, on passa à la cuisine, quelqu'un proposa un tabouret à Jonathan, on déposa un verre de lait devant lui et un seau de pommes sérieusement fripées, mais très goûteuses, percées de trous de ver respectables, que l'on venait d'éplucher. Ce sont des pommes d'hiver allemandes, se dit Jonathan, et il se demanda s'il ne devait pas couper quelques pousses de l'arbre et les emporter pour renouveler les espèces de pommes vendues en supermarché en

Allemagne fédérale : *toutes* vertes, ou *toutes* rouges, ou *toutes* jaunes. Remettre les scions au ministère de l'Agriculture pour qu'il veille à leur diffusion, et tout le monde comprendra d'un seul coup à quel point une pomme peut avoir un goût merveilleux !

Le lait qu'on servit à Jonathan n'était pas particulièrement propre, il avait bon goût, mais un dépôt s'était formé dans le verre et Jonathan le laissa au fond lorsqu'il eut terminé.

Et il se retrouvait assis là. Aurait-il dû dire à l'ancien que c'était la faute des Allemands eux-mêmes si on les avait chassés ? Tous les enseignants supérieurs envoyés en camp de concentration, les écoles fermées, les Polonais n'avaient pas à apprendre à lire, le travail obligatoire, la faim… Et puis cette histoire avec les Juifs ! Aurait-il dû se disputer avec lui à propos de la ligne Oder-Neisse[24] et sur le fait que Stettin n'en faisait absolument pas partie ?

L'ancien débita un flot de mots le plus souvent incompréhensibles en chantant à voix basse, pour lui tout seul. Les cheveux à l'arrière de sa tête lui tombaient sur le col de la veste, il ne lui restait plus que quelques dents dans la bouche. Il raconta qu'il avait servi, quand il était jeune, dans l'armée polonaise, puis qu'il avait déserté et servi dans l'armée allemande. Ensuite, il était devenu partisan, puis avait réintégré l'armée polonaise, était repassé de l'autre côté et était revenu ici. Tout cela, Jonathan le comprit parce que l'ancien avait de temps en temps mêlé des mots allemands aux mots polonais ; il constata aussi que l'homme avait quelque chose contre les Juifs. Ne s'était-il pas même frotté les mains en expliquant que les Juifs étaient « partis » ?

Des enfants les rejoignirent, de vrais enfants, qui ressemblaient aux pommes du seau, pieds nus ou en bottes de caoutchouc, avec des tabliers aux couleurs vives, l'un d'eux portant des lunettes auxquelles manquait un verre. Un chien vint également, un vrai chien de village avec beaucoup de quartiers de spitz, il se coucha sans faire de manières sous le tabouret de Jonathan, considérant sans doute que c'était la place la plus sûre. Debout au seuil de la porte, les enfants regardaient fixement Jonathan, qui se donnait un peu l'impression d'être le personnage du tableau de Fritz von Uhde : « Donne-nous aujourd'hui notre pain quotidien[25]. »

Pendant ce temps-là, Mme Winkelvoss, qui avait passé ses pantalons noirs à la turque, traversait la cour dans ses chaussures garnies de dorures, en tenant contre sa hanche la tablette rose. Avait-il vu le sommier contre la clôture ? demanda-t-elle à Jonathan : « C'est fou, tout simplement fou ! » Elle accepta volontiers l'une des pommes proposées par les habitants, qui prirent Mme Winkelvoss pour la femme de Jonathan. Une pomme, oui, mais pas de lait, dit Mme Winkelvoss, qui avait aperçu le dépôt au fond du verre de Jonathan, le lait de vache lui donnait des allergies, de petits boutons, oh, oh, oh, une éruption !, non, mieux valait qu'elle ne prenne pas de lait.

Alors arrivèrent des voisins qui avaient vu la voiture étincelante et pensaient que c'étaient des Allemands qui revenaient voir leur famille, ou ceci, ou cela qui permettrait peut-être de grappiller quelque chose. L'un d'eux annonça aux Allemands qu'il avait quelque chose à leur montrer et les mena dans le jardin de rhubarbe, leur fit franchir une clôture affalée et ils arrivèrent dans une grande grange construite sur des blocs erratiques. Les Polonais surent aussitôt de quoi il s'agissait : on fit glisser une armoire sur le côté et l'on vit apparaître un espace creux dans lequel, de toute évidence, avaient été stockées d'énormes réserves alimentaires : du saindoux dans des pots à lait, de la farine, un sac de sucre. Le tout avait été édifié par les Allemands peu avant l'arrivée des Russes. C'est seulement l'année précédente qu'on avait découvert cette salle…

Jonathan aurait bien aimé savoir si l'on y avait trouvé, pourquoi pas, des pièces d'argent, ou bien une bible ancienne, et où étaient passés ces gens ? L'un d'eux n'avait-il pas donné de ses nouvelles ? Personne ne comprit ces questions. On prononça le mot « milice », mais bible ? Une « biblia », on en trouvait une en face, dans l'église.

Comment s'appelait le village à l'époque allemande ? demanda Jonathan, et on lui répondit : Rosenau.

Bien qu'il eût attentivement étudié la carte auparavant, alors qu'il se trouvait encore à Hambourg, pour commencer, puis chaque soir à l'hôtel, alors qu'il aurait dû savoir qu'ils passeraient ce jour-là dans le village – le désir de voir son « lieu de naissance » avait été comme effacé. C'est son instinct qui l'avait conduit à demander à Hansi Strohtmeyer de s'arrêter précisément ici.

Lorsqu'ils sortirent de la grange et rejoignirent la rue en franchissant une haie d'oies, il expliqua aux gens qu'il était né ici, sur une charrette, et Hansi Strohtmeyer, arrivé entre-temps, fut à son tour informé que sa mère y était restée à cette occasion.

Le vieux comprit aussitôt ce que Jonathan était en train de raconter et le transmit aux autres : Ce *pan* est né ici, dans ce village, et c'est quand même très singulier !

On alla chercher une bouteille d'eau-de-vie, chacun en reçut une rasade, et de l'autre côté se dressait l'église dans laquelle on avait, à l'époque, déposé la jeune femme, et juste à côté, bien à sa place, se trouvait la route sur laquelle s'était arrêtée la charrette de son oncle.

Jonathan traversa la rue pour se rendre à l'église, un bâtiment de brique rouge dont les fenêtres aveugles avaient été badigeonnées de chaux. Cette église aurait pu se trouver sans problème dans le Schleswig-Holstein, ou le Mecklembourg, « À nos héros tombés au champ d'honneur. » Il s'en approcha par l'arrière. Pour arriver jusqu'à elle, il devait descendre un talus glissant. En bas coulait un ruisseau, l'un de ces ruisseaux faits pour que les enfants y jettent des cailloux et, au-dessus du ruisseau, un seuil en béton destiné à raccourcir le chemin des fidèles.

Lorsque Jonathan descendit prudemment le talus, il glissa et heurta le sol avec l'arrière de sa tête. La clarté lui traversa le cerveau comme une boule de feu.

Il resta étourdi pendant un moment – voilà, quelque chose a changé ! se dit-il. L'espace de quelques secondes, ce coup de massue avait disposé les particules de réflexion et d'image de son cerveau en étoiles et en lignes sonores, indéchiffrables et pourtant non dénuées de signification.

La torpeur se dissipa très progressivement. Dieu soit loué, personne n'avait vu la scène, les autres avaient fait le détour et se trouvaient devant lui, ce chemin-là était trop aventureux à leur goût. Jonathan avait honte d'avoir glissé et d'être tombé ici, du haut de ses quarante-trois ans.

Si Mme Winkelvoss s'était cassé la figure à cet endroit, cela aurait pu être amusant, songea Jonathan, avec tous ses voiles, ses colliers et son tralala. Ça lui aurait donné de quoi passer un bon moment de rigolade avec Hansi Strohtmeyer.

Jonathan passa en équilibre le seuil de béton et monta le coteau où poussaient les orties ; déjà, il se tenait dans le petit cimetière de l'église. Des tombes fraîches avec des croix de bois, des fleurs fanées et des pierres tombales de l'époque allemande, dont les noms avaient été gravés au burin, lettre après lettre. Contre le mur à moitié effondré de l'église poussaient des buissons sauvages, lilas, noisetiers, jasmins et cytises. Jonathan était tout seul, il regardait fixement un emplacement du mur, et il le sut : c'est là qu'*elle* repose. Il n'était pas triste, pas heureux non plus, il ne s'étonna même pas de se trouver ici, dans un cimetière, il n'avait pas froid, pas chaud non plus, un peu de soleil, un peu de vent. Il aurait pu poursuivre son chemin, mais son regard et son ouïe l'avaient fixé ici. Il vit l'humus, les lianes de lierre, çà et là un bourdon, et puis des moineaux, un avion et les voix des autres. Il vit dans le même temps, et cela le troubla, le tableau accroché au mur des Kuschinski, cette toile achetée dans un grand magasin et où l'on voyait la jeune mère allongée sur une prairie et levant l'enfant au-dessus d'elle.

Lorsque Mme Winkelvoss cria depuis la rue : « Hoho ! Il rêve, là, ou quoi ? » il s'arracha à sa torpeur et rejoignit les autres. Ils avaient vécu quelque chose de merveilleux, dit-elle, ils avaient ouvert la porte de l'église et, dans le narthex, ils avaient vu une institutrice avec quelques ravissants enfants en bas âge (elle disait « mes petits vers »), un cours de catéchisme pour préparer la communion, de toute évidence ! Sur de vieux bancs, comme cent ans plus tôt !

Dans le narthex de l'église, là où l'on avait jadis déposé sa mère, à côté de la caisse contenant les numéros noirs des livres de cantiques, des enfants étaient donc assis à présent. Jonathan n'avait pas besoin de voir cela. Aurait-il dû expliquer aux enfants : vous vous rendez compte, il y a beaucoup, beaucoup d'années, il s'est passé ici ceci et cela ?

C'est donc ici qu'elle y est restée, se dit-il, et qu'Anita Winkelvoss prenne son bras et le serre de tout son cœur ne le dérangea pas.

Jonathan se rendit à la voiture. Une sorte d'hébétude vitale s'était emparée de lui. Il regrettait de n'éprouver aucun sentiment puissant qui lui aurait permis d'exprimer aussi par sa mimique ce qui s'était passé ici. Il ne se sentait pas concerné et était pourtant entièrement à cette affaire, il était « en dehors » de lui et pourtant dans le tableau.

Au volant de la voiture, Hansi Strohtmeyer le dévisagea. Et lorsqu'il voulut monter, l'homme qui avait déjà couru un rallye dans le Sahara et qui était resté coincé dans une rivière en Amérique du Sud demanda à Jonathan : « Et ton père ? » Il fallut ces mots pour que Jonathan éclate en sanglots. Il se prit la tête entre les mains et eut tout juste le temps de se réfugier dans la voiture, il vit un jeune lieutenant en pantalon d'équitation, un « lieutenant de la Wehrmacht allemande » portant l'insigne argenté des blessés. Il le vit debout sur la plage de l'isthme, qui scrutait la mer avec ses jumelles – « Quand est-ce qu'ils viennent nous chercher ? » –, et derrière lui bringuebalaient les convois de réfugiés qui quittaient l'Est en direction de l'ouest et l'Ouest en direction de l'est. Jonathan tapa du poing sur l'accoudoir et il entendit marteler dans son cerveau : tout ça pour rien ! TOUT ÇA POUR RIEN ! Et il ne pensait ni à la mort de sa mère ni à celle de son père, qui était allé « manger les pissenlits », ni aux canapés-lits que fabriquait son oncle, mais au tourment de la créature, à la chair pendue au pieu, au veau qu'il avait vu, ligoté et bâillonné, le réduit prêt pour accueillir le martyre dans le Marienburg, le long cortège des gens sous un ciel de damnation.

Tout est vain ! ne cessait-il de penser. Et : À qui la faute ?

17

Pendant la suite du voyage, on passa en revue de détail tout ce qu'on venait de vivre, comme ce vieux paysan avait été gentil, il n'avait presque plus une seule dent dans la bouche et l'on ne comprenait pas ce qu'il voulait au juste, mais il était d'une terrible gentillesse. Et les autres gens aussi étaient très gentils, dit Mme Winkelvoss, avec eux ils supporteraient beaucoup par temps de misère, si les choses tournaient un jour au vinaigre.

« … pas une heure », dit Hansi Strohtmeyer, mais on fit comme si l'on n'avait pas entendu.

L'histoire des pommes également avait été d'une terrible gentillesse, ils auraient tout aussi bien pu s'en passer. Et cette cachette ! Si l'on avait encore fouillé un peu là-bas ? Quoi ? On aurait certainement pu sortir d'autres détails. Tout ce qui attend d'être découvert, des trésors enfouis ! Ils tomberont dessus dans cinq siècles, comme sur des marmites pleines de pièces d'or remontant à la guerre de Trente Ans.

Cette histoire de cimetière l'avait sans doute touché d'assez près ? demanda Mme Winkelvoss. Elle l'avait vu là, immobile, elle s'était demandé : Qu'est-ce qu'il a à rester comme ça ? Qu'est-ce qu'il lui arrive de rester sur place comme ça ? Et elle avait compris : il faut que je lui adresse la parole maintenant, sans ça il va encore se passer quelque chose. Elle aurait bien aimé prendre une photo de lui – ç'aurait tout de même été un beau souvenir.

Et les enfants, dans l'église, comme ils étaient assis gentiment ! Mme Winkelvoss, qui était catholique, raconta qu'un jour un chapelain lui en avait collé une, et que depuis elle n'était plus allée à l'église.

Lorsqu'elle eut terminé de raconter cette expérience, elle passa au chapitre suivant de son histoire d'adoption. Et entre les deux, le « missel » : « Après cinq kilomètres, tourner à gauche. Attention charrettes à cheval » – et puis son histoire : elle avait dans un premier temps voulu prendre toute seule l'avion pour le Brésil, mais elle n'aurait absolument pas tenu le coup sans son mari. Cette manie de donner des pots-de-vin : glisser un billet de cent dollars à chaque juge et à chaque avocat… l'entreprise lui avait demandé huit jours ! Avec une Fiat Uno, six adultes, par quarante-cinq degrés à l'ombre ! 89 % d'humidité, portières verrouillées, vitres levées ! Des chemins de pierre, de gigantesques ornières remplies de boue. Et les habitants ! On avait eu l'impression de traverser des fourmilières de la pauvreté, des gens qui logeaient dans leurs propres immondices.

Et puis, au bout de cinq heures de route, l'orphelinat, un portail en fer, klaxonner deux fois, un Noir qui claudiquait dans la cour, et d'un seul coup le portail de l'orphelinat s'était ouvert, et les enfants s'étaient précipités sur eux comme cent mille mouches, rien que des petits Noirs, ils savaient parfaitement que lorsque les Blancs venaient, ils en emportaient quelques-uns avec eux. Ensuite était apparue une très vieille femme, la fondatrice du foyer. « On va la chercher tout de suite, la petite fille, elle a trois mois, nous l'avons trouvée sur un escalier. » Puis on lui avait posé l'enfant dans les bras, et cela avait été plus difficile que la naissance de son propre enfant… L'excitation et les bactéries lui avaient donné la diarrhée.

Et puis retour chez les autorités : photographies, service des passeports, bureau de l'aide sociale, tribunal, et le tout dans l'autre sens…

Tapi dans son coin, Jonathan vit devant lui une plage, l'été, le bruit lointain des baigneurs. Et il aperçut son père, élégant, à cheval dans les dunes, se soulevant de sa selle et regardant l'horizon : il serait à peu près septuagénaire à présent, s'il avait survécu, ce qui était en soi imaginable, et sa mère aurait soixante-cinq ans. Jonathan fit le vœu de revenir à Hambourg, Isestrasse. Quelle raison avait-il de se promener en voiture dans cette région ? Isestrasse – hideuse Strasse – piteuse Strasse. Ce n'était pas Ulla qu'il avait envie de retrouver. C'était sa chambre tranquille, avec le Botero au mur et le coin buanderie d'où il pouvait regarder les écoliers jeter leurs casse-croûte aux canards, et l'idée de son travail, qui l'emplissait de délice, les déesses nordiques – peut-être aller faire un tour dans les Flandres ou en Suède ?

Ulla Bakkre de Vaera – qu'avait-elle bien pu entreprendre au cours de ces journées ? Et d'ailleurs qu'est-ce qu'elle « entreprenait », d'une manière générale ? Qu'est-ce qui la « mettait en mouvement » ? Il pensa à Langeoog, où il avait fait sa connaissance, dans la librairie de l'île où il était venu acheter ses journaux. Elle l'avait pris pour un employé et il l'avait laissée dans son illusion, un corsage noir avec broderie d'argent, un short noir en soie, sur les côtés la couture ouverte sur un centimètre exactement. Avait-il les *Journaux* de Novalis ? avait-elle demandé : Novalis à Langeoog, dans la librairie de l'île ! Puis ils s'étaient rendus au café en riant, comme s'ils avaient toujours eu le projet de le faire, bien qu'ils ne se soient encore nullement connus. Et la nuit, sur le sable frais, et le cynisme de la jeune femme avait plu à Jonathan, la manière dont elle parlait des gens, sans aucune gêne, avec un sourire aimable, et comment elle avait occupé sa personne, d'emblée.

Ainsi roulaient-ils en ronronnant. Hansi Strohtmeyer se réjouit de retrouver l'autocar ouest-allemand avec le groupe d'anciens expulsés qui avançait devant eux en se balançant légèrement, il venait de Düsseldorf, c'était un autocar de grand luxe avec climatisation et toilettes, un super-autocar « ras du sol ». Les arbres au bord de la chaussée laissaient leur cime ondoyer au gré du vent causé par l'engin et il était totalement inutile d'espérer le dépasser.

Au bout d'une heure, le car tourna à gauche, exactement là où l'équipe de Santubara voulait obliquer elle aussi. On entra dans la forêt d'épicéas par une route étroite, et l'on vit ensuite un panneau : « Była Wojenna Kwatera Hitlera », l'Antre du loup, le quartier général d'Hitler.

Le bus Magirus-Deutz glissa sans bruit sur le parking et avant qu'il ne déverse tous ces messieurs borgnes, culs-de-jatte et manchots en compagnie de leurs épouses rougeaudes, Hansi Strohtmeyer passa à côté et se gara sur un parking aménagé, à côté d'un camping-car duquel une femme aux cheveux sombres sortit la tête à leur arrivée.

On ne voyait pas encore grand-chose depuis le parking – le quartier général du Führer ! –, mis à part le grand bunker dévasté par une bombe, à côté de l'entrée : derrière une haute clôture, des tiges d'acier tordues sortaient des failles béantes. C'était un peu comme au parc animalier où, avec un peu de chance, on pouvait voir avant même d'être entré un ours sur un rocher artificiel, et entendre au loin crier des perroquets.

Une baraque pourvue d'un orifice découpé dans la vitre, pour la vente des billets d'entrée – photographies interdites ! – et à côté un tableau avec des explications en cinq langues afin qu'on ne se promène pas dans ces lieux aussi allègrement que ça : le n° 13, c'est le bunker d'Hitler, le 16 celui de Göring, le 19 celui de Keitel. Le n° 15 n'est pas un bunker du tout, c'était un salon de thé, et l'on y trouvait aussi un mess. Le guide des expulsés informa la caissière polonaise qu'ils regrettaient tous très profondément que des Allemands aient fait des choses aussi épouvantables à leur patrie, et qu'il avait besoin d'un billet de groupe pour trente-six adultes et trois enfants. Y avait-il une réduction ?

Hansi Strohtmeyer se posait des questions à cause du camping-car, il n'avait pas l'air très fiable. Il se demanda s'il ne devait pas rebrousser chemin et garer la voiture ailleurs.

Non, ce n'était pas nécessaire. La Lada jaune de l'escorte avait déjà fait son apparition, elle se gara à l'orée de la forêt. M. Schütte gardait un œil vigilant sur le précieux huit-cylindres.

Jonathan pensa à Stauffenberg, héros et traître, il tenta d'imaginer quel état d'âme avait bien pu être le sien, avec son petit pistolet au ceinturon, sa femme et son enfant en tête, lorsqu'il entra ici, sa lourde serviette sous le bras. Il aurait peut-être fallu planifier la fuite avec plus de soin que l'attentat ! Tic, tic, tic, l'horloge au pied de la table. Ressortir de la baraque sans se faire remarquer ! Filer sous un prétexte minutieusement élaboré puis franchir, de plus en plus vite, les zones interdites successives... Et c'est à Berlin qu'ils le cueillent : tout est fini, et au lieu de lui serrer la main et de le remercier, ils le collent contre un mur.

Jonathan se demanda si son père avait aussi eu à faire dans ces lieux, le visage de Stauffenberg se glissa devant celui de son père et Jonathan se dit que s'il devait mourir de toute façon, pourquoi n'avait-il pas tout de suite tiré sur Hitler ?

Mme Winkelvoss hésita un instant avant d'entrer. Elle pensait peut-être que la visite de cette curiosité était tout de même plutôt une affaire d'homme. Deux types hirsutes qui faisaient visiblement partie de l'équipage du camping-car passèrent tout près d'elle et la toisèrent avec insolence. Mais avant qu'ils puissent devenir importuns, la femme du camping-car les appela et tout revint en ordre. Mme Winkelvoss regarda Jonathan dans toute sa minceur intellectuelle, avec son nœud papillon à pois mal ajusté – elle pensa à cette petite heure au bord du lac, et elle se rendit soudain compte qu'elle ne s'était en réalité encore pas du tout confrontée à cette personne. Elle n'avait pas cessé de parler à Strohtmeyer, qu'elle connaissait de toute façon déjà, au lieu de s'accrocher un peu à cet original qui avait ses entrées dans les rédactions et s'était rendu en Amérique à une époque où personne d'autre n'y était encore allé ?

Lorsque Jonathan s'apprêta à entrer dans ce lieu de culte moussu et recouvert d'herbe, son bloc-notes à la main, pour consigner ses impressions dès leur apparition, et pour les brosser, si possible, immédiatement à rebrousse-poil, elle s'approcha de lui et entama une conversation. Pensait-il vraiment, lui demanda-t-elle, que cette merde nazie puisse intéresser des journalistes qui participeraient au rallye, ne valait-il pas mieux passer à autre chose, parce que cela pourrait éveiller des sentiments déplacés ? En réalité, ils étaient seulement là pour essayer les nouveaux huit-cylindres, quel rapport avec les bunkers d'Hitler ? Puis, Dieu sait pour quelle raison, elle fit à Jonathan l'article de la Sicile, où il existait aussi des ruines à visiter, car chaque fois qu'une nouvelle culture avait déferlé sur le pays, la culture antérieure avait été écrabouillée et les gens exterminés.

Tandis que les *Préludes* de Liszt résonnaient dans la tête de Jonathan et qu'il voyait cet officier à cheval sur les Champs-Élysées, saluant d'un geste de la main les soldats allemands qui défilaient devant lui près de l'Arc de triomphe, Mme Winkelvoss lui faisait la leçon. Elle parlait d'une fournaise invraisemblable et du Stromboli, neuf cent vingt-six mètres de haut et toujours actif ! Jonathan ne put s'empêcher de penser que, sur ce sentier forestier, un homme tremblotant et voûté avait monté et descendu la colline avec son berger allemand, un homme qui avait fait en sorte que des masses humaines se tranchent mutuellement la gorge avec des couteaux ensanglantés. Et au-dessus de la scène se glissa une photo qu'il avait vue un jour, l'hiver 1941, trois soldats en pleine tempête de neige fouettant leur cheval qui tente, sous leurs coups, de s'extraire de la congère. Pendant ce temps-là, Mme Winkelvoss vantait la nature sicilienne, ce paysage plat et ondoyant, il fallait qu'il s'y rende au printemps, l'île était couverte d'un tapis de fleurs, bien que les gens y aient tout déboisé.

Mme Winkelvoss n'arrêtait pas de parler – mais soudain, elle sortit de son hypnose : elle venait de remarquer que Jonathan ne disait rien. Est-ce que cette histoire avec sa mère le tourmentait toujours ? lui demanda-t-elle. Elle l'avait vu là, debout, comme cloué au sol, et elle s'était dit : il faut que tu l'appelles tout de suite, sans ça il va se passer quelque chose, elle l'avait senti, qu'il lui arrivait quelque chose de spécial.

Ils entrèrent donc dans la noire gorge boisée. Comme dans un mauvais film, il se mit à pleuvoir doucement. Plus jamais la guerre ! De grands panneaux illustrés, à droite et à gauche du chemin, invitaient à venir voir un document audiovisuel didactique, mais Jonathan renonça à cette leçon, il cherchait l'expérience originelle, Syberberg, Fest, Speer, il voulait toucher les reliques du Troisième Reich, les sentir, les inspirer, il n'en pouvait plus, des images extraites des actualités hebdomadaires.

Il sortit de son portefeuille un plan photocopié des lieux, heureusement qu'il avait emporté ce truc, ça lui éviterait de confondre le bunker de Himmler avec celui de Göring. Et ils étaient déjà là, ces dés de béton posés de part et d'autre du chemin, des plafonds de quinze mètres d'épaisseur, les coins aplatis, et par-dessus des filets recouverts de mousse et de plantes en plastique pour le camouflage.

Pris de curiosité, Hansi Strohtmeyer s'approcha de lui – il aurait aimé savoir quel bunker appartenait à qui… et les données chiffrées : tant de mètres de hauteur, de largeur et d'épaisseur. Que sous le plafond de béton, c'est-à-dire sous la surface du sol, se trouvaient encore six étages dans lesquels tout était probablement intact, les bureaux, les lits à deux niveaux, les armoires à fichiers. Personne n'osait y entrer parce qu'on supposait que le sol était truffé de *Glasmine*, les mines antipersonnel en verre…

On avait certes fait sauter les bunkers à l'aide d'on ne sait combien de wagons de marchandises bourrés de dynamite, mais cela les avait tout juste égratignés.

Strohtmeyer réfléchissait : on pourrait peut-être aller y faire un tour en qualité de spéléologues ? Se risquer dans la profondeur, une corde rouge autour du ventre, et buter contre des squelettes en uniforme affalés sur un téléphone de campagne ?

Tandis que Jonathan fournissait des explications précises à son collègue, qui en restait totalement coi, il subissait l'enseignement de

Mme Winkelvoss sur la Sicile. Elle expliquait que le train qui fait le tour de l'Etna ressemblait à une saucisse en acier, et puis tout ce tohu-bohu à l'intérieur du volcan, les secousses et les glougloutements...

La pluie tendre et douce, qui tombait goutte à goutte des branches des arbres puis coulait sur les bunkers et contre les parois. La nature foisonnante et ce jour-là luisante, la mousse aux murs des billots de béton, le terreau sur le sentier forestier – et le silence sur tout cela : on pouvait l'inspirer à narines déployées. Jonathan voyait les bunkers comme des pierres déposées entre lesquelles, dans les derniers jours de l'humanité, dans le rougeoiement du soleil couchant, se rassemblaient les derniers survivants.

Que pouvaient bien se dire les Polonais quand ils passaient par ici, demanda Mme Winkelvoss, est-ce qu'ils y conduisaient régulièrement les enfants des écoles ? C'était la meilleure leçon de choses qu'on ait pu imaginer.

Strohtmeyer s'interrogeait : si Hitler était aussi sûr de son affaire, il était quand même singulier qu'il ait construit ce bunker ici : pour quelle raison ? C'est précisément l'homme qui avait inventé le Blitzkrieg qui s'était tapi dans de tels monstres de béton ! Avec des trucs pareils, il aurait même pu résister à des bombes atomiques.

Oui, effectivement, c'était étrange, et Jonathan s'étonna que l'idée ne lui fût pas venue. Il décida d'en prendre note et de l'utiliser dans son article. Pour faire ensuite, bien entendu, le parallèle avec le Marienburg. Citer Scharnhorst, comment disait-il, déjà ? Celui qui se replie sur lui-même a déjà perdu la guerre ?

Le bunker de Göring, le bunker de Jodl, le bunker de Keitel – ils faillirent passer sans le voir à côté de l'endroit historique, le lieu où la bombe avait explosé ! De la baraque dans laquelle Hitler tenait ses points de situation, lunettes en nickel sur le nez, on ne reconnaissait plus grand-chose. On distinguait encore les fondations. Jonathan pensa aux photos du valet de chambre d'Hitler montrant aux journalistes le pantalon en loques du Führer, à la tête bandée d'un général et à la photo de Mussolini au moment où Hitler vint le chercher à la gare et lui raconta quelle chance il avait eue une fois de plus, la Providence, et ainsi de suite. À l'arrière-plan, Bormann, triomphant.

Non loin de là, le bunker d'Hitler. Quinze tonnes de dynamite n'avaient pu en venir à bout, il s'était juste un peu incliné sur le côté mais il était toujours là et y serait encore dans mille ans.

Un petit garçon polonais arriva en courant et leur fit signe d'approcher : là-bas, par-derrière, il y avait une entrée cachée, il pouvait les guider à l'intérieur, personne n'était jamais allé là-dedans. Mais aucun des trois n'avait envie de s'engager dans un périlleux parcours de découverte.

Jonathan photographia encore quelques curiosités, des graffitis ! – *Hitler kaputt !* – et, posées sur le mur oblique d'un bunker qu'on avait fait sauter, quelques branches ténues qui donnaient l'impression qu'on avait voulu s'en servir pour empêcher la chute du bunker. C'était sans doute une classe d'écoliers qui avait disposé cette installation à la demande d'un professeur d'éducation artistique : une plaisanterie, donc, censée montrer que l'humanité passe au-dessus de l'Histoire, peut-être même le cœur léger.

Jonathan regarda avec amusement une corbeille à papier en plastique, produit d'une coopérative populaire, installée juste à côté du bunker d'Hitler.

Jonathan glissa un fragment de mur dans sa poche, il le rapporterait à son amie Ulla. Dommage que le fameux film de l'étranglement[26] des conjurés que s'était fait réaliser Hitler n'ait pas été conservé. Présenter ce document dans le cadre de l'exposition sur la cruauté, moyennant supplément et en projection permanente dans un cabinet voilé de noir ? Après tout, les cameramen avaient sans doute aussi utilisé pour tourner ce film les lois esthétiques de leur travail, gros plan, zoom et panoramique ?

La pluie avait cessé. Lorsqu'ils furent proches de la sortie, le groupe des expulsés du car vint à leur rencontre, ces dames et ces messieurs qu'ils avaient déjà vus sur le Marienburg et à Sensburg. Ils s'étaient rafraîchis en regardant la projection audiovisuelle et se réjouissaient à présent de pouvoir contempler des lieux auxquels ils n'avaient pas eu accès à l'époque glorieuse.

La voiture était encore sur place. Les deux Polonais avaient manifestement rejoint la femme dans le camping-car, on les entendait rire, et juste après le véhicule se mit à chalouper en rythme.

À l'extérieur, le chauffeur du bus s'était assis sur un banc, avec des sandwichs au fromage et un thermos. Hansi Strohtmeyer demanda l'autorisation de visiter la cabine. Il fut même autorisé à lancer le moteur et à faire deux mètres en avant et en arrière. Même s'il avait fait rugir ses voitures dans les déserts africains, même s'il était resté coincé dans un fleuve en Amérique du Sud, c'était un événement qui dépassait largement la visite des blocs de béton. Mais il se dépêcha de couper le moteur de l'engin : si un milicien était passé et lui avait demandé son permis de conduire, ça ne se serait pas bien passé.

Lorsqu'ils reprirent enfin la route, Jonathan crut voir son père à l'entrée d'un bunker. S'était-il mis à l'abri ici ? Combien de temps cela allait-il encore durer ?

18

Ils étaient revenus à Danzig tard dans la soirée, ils étaient désormais d'une certaine manière familiers de cette ville, « les ruelles sont si chou », comme l'exprimait Anita Winkelvoss. Le général du service du Tourisme les attendait à propos de la voiture volée, il était sincèrement navré, leur avait-il dit, cette affaire lui inspirait une gêne épouvantable... Sa patrie avait eu sa réputation écornée, mais elle était plus riche d'un huit-cylindres, de la même manière qu'elle allait être plus riche des vingt-six journalistes qui rouleraient prochainement sur les routes ombragées de cette terre qui faisait désormais et à tout jamais partie de la Pologne, et y laisseraient beaucoup d'argent.

De M. Schmidt, le critique gastronomique ouvert au monde, on avait appris qu'il n'avait finalement pas pu venir, ce qui était, une fois de plus, typique ! On commence par affoler tout le monde et ensuite on disparaît. Jonathan n'avait-il pas pris quelques notes sur les menus ? lui demanda-t-on.

Ils avaient eu l'impression d'être comme dans un pain de sucre flambé lorsqu'ils avaient monté les marches du restaurant Pod Łososiem dans lequel les choses avançaient d'un pas solide sur la musique d'un groupe qui s'appelait Hot Chocolades. Un mendiant qui avait voulu les suivre en tendant la main avait été repoussé par le portier.

De la soupe au pain et à la saucisse, un morceau d'anguille ou une tranche de sandre ? Telle avait été la question. Hansi s'en était tenu au *piwo*, et Anita Winkelvoss à un *likier* jaune, un Bananowy Havana

Club à cent cinquante zlotys le verre. Le vin lui semblait trop doux pour du sec, avait-elle dit une nouvelle fois au serveur ahuri. Le lendemain, ils seraient chez eux. Ça les avait mis de bonne humeur.

Jonathan n'avait pas participé à la fin de cette fête des adieux, il était parti à la recherche de son fantôme. Le genou qui dépassait de la couverture, ce globe charnu, ne s'était-il pas agi d'un signal : Reviens ?

Il ne trouva pas le morceau de papier sur lequel il avait noté le nom de la rue, il avait été perdu au cours du vol de la voiture. Jonathan avait déambulé dans les petites rues en chantant de-ci, de-là, à la manière d'un ténor italien : « Maria, carissima Maria ! » Mais il n'avait pas retrouvé la maison. Les ruelles étaient devenues comme des pains de sucre flambés, avec pleine lune et sirènes de paquebot au loin, et son entrain s'était dissipé.

Dommage pour ces gens, s'était dit Jonathan en montant dans son lit, j'aurais encore pu leur être très utile.

Ensuite, il s'était demandé ce qu'il aurait pu leur faire parvenir d'autre, il les aurait fait venir en Allemagne et se serait installé avec Maria à Blankenese, une montagne de coupes de glace avec des parasols au-dessus, et se serait repu de son étonnement en voyant les bateaux passer lentement devant eux sur l'Elbe, et l'on serait restés gentiment assis comme ça, à manger sa glace – elle n'avait certainement encore jamais rien vécu de tel.

Qu'allaient-elles penser de lui si le médicament n'arrivait pas ? « Les gens de l'Ouest tout crachés, diraient-elles : rassasiés et égoïstes. »

Après le petit déjeuner éclata une dispute : devait-on se rendre aussi au Stutthof, un camp de concentration qu'on ne trouvait dans aucun dictionnaire de culture générale ?

« Ah non, ça va nous mener trop loin », dit Mme Winkelvoss qui avait parcouru la moitié de la planète pour se procurer un enfant. Elle avait eu, dit-elle, un enseignant qui parlait de ces histoires juives du matin au soir, qui montrait toujours ces images terribles, pendant des années, bref, elle en avait eu sa part. Et puis elle se mit à répéter que les Allemands avaient fusillé des Juifs en Pologne, et qu'ensuite ils les avaient même gazés à Auschwitz…

Mais Hansi Strohtmeyer n'en démordait pas : même si le camp de concentration faisait faire un écart du trajet normal, il fallait au moins le « proposer » aux gens qui participeraient au rallye. Et pour le proposer, il fallait d'abord s'y rendre et voir ce qu'il en était des parkings, si l'on pouvait aussi aller aux toilettes et manger un en-cas. Il y avait sûrement aussi parmi eux des journalistes qui n'attendraient qu'une chose, qu'on oublie le camp de concentration – ils écriraient alors dans le journal que les établissements Santubara et leurs usines automatisées de fabrication de voitures se fichaient manifestement de la Shoah –, et préféraient se goberger avec le quartier général du Führer ; non, il regarda sa montre noire à deux cadrans, étanche, qui donnait encore l'heure exacte à trente mètres de profondeur. Strohtmeyer allait se rendre tout de suite au Stutthof, elle pouvait d'ailleurs rester à l'hôtel et régler la note.

Cela convenait fort bien à Mme Winkelvoss. Elle ôta ses souliers sous la table, alluma une cigarette et commanda un « citron nature », pour reprendre son expression, sur quoi on lui servit un soda Sinalco. Puis elle tria les bijoux en ambre qu'elle avait achetés pendant le trajet, bien qu'elle n'ait pas du tout aimé l'ambre en tant que tel, et elle regarda les expulsés qui se bousculaient dans la boutique de l'hôtel pour réaliser leurs derniers achats : C'était quand même incroyable qu'on ne trouve aucune assiette à armoiries, ici…

La question se posa alors de savoir si Jonathan devait venir lui aussi. Et Jonathan se retrouva pris dans un sacré étau : chercher Maria ou aller visiter le camp de concentration ? Il penchait beaucoup pour l'hypothèse Maria, mais il ne pouvait pas prendre le risque de faire l'impasse sur le camp sans autre discussion. Cinq mille marks, et on pouvait encore discuter ? Il avait là l'occasion de pratiquer un brossage à rebrousse-poil radical de son article, il fallait donc mordre dans la pomme amère. Aucun chemin ne passait à l'écart du Stutthof.

Il était déjà 9 heures, et donc grand temps d'y aller, car le retour était déjà programmé pour l'après-midi. Ils partirent avec une voiture lavée de peu sur laquelle se trouvait singulièrement une estafilade laissée par un clou ; les techniciens en combinaison grise les saluèrent et, cette fois, Jonathan s'assit à l'avant. Jonathan laissa le « missel » de côté, qu'il y eût ou non des nids-de-poule sur la route, il roulait tout droit, en cas de problème même un journaliste spécialisé dans les moteurs mais n'ayant aucune idée de la conduite automobile serait capable de s'en apercevoir. Les Siebeck[27] – c'est ainsi que Hansi Strohtmeyer appelait ces gens-là.

Ils étaient assez peu loquaces : ce qui allait suivre ne serait pas une partie de plaisir.

Ils traversèrent des localités qui avaient jadis porté des noms très singuliers, ainsi que le vit Jonathan sur sa vieille carte, comme « Heubude » (la pièce au foin) et « Bohnsack » (sac aux haricots), « Neue Welt » (nouveau monde) et « Junkeracker » (le champ des junkers), ils franchirent un pont tournant peint en vert et durent prendre un bac pour traverser la Vistule, une Mercedes de Düsseldorf à vitres teintées se trouvait déjà sur l'embarcation, un homme et une femme portant des lunettes noires, des gens d'un certain âge, tout en gris clair et en blanc, qui savaient sans avoir besoin de plus d'informations que ce bac-là remontait à l'époque allemande, et qui se l'expliquèrent mutuellement d'une voix si forte que tout le monde était forcé de l'entendre : même ça, fabriquer un bac neuf, les Polonais n'en étaient pas capables.

Jonathan s'était renseigné : dans les journées de janvier 1945, ce passage sur la Vistule avait été un chas d'aiguille, c'est là que les voitures au gaz de bois de la Wehrmacht avaient produit leurs derniers efforts et que les paysans avaient fouetté leurs chevaux. Ici encore que des bombardiers britanniques avaient rempli leur mission, réglé leur compte aux derniers fugitifs, des gens qui voulaient se réfugier sur l'autre rive avec leurs commodes et leurs pendules et que les blindés de l'Armée rouge avaient déjà pris sous le feu. Dans le cockpit anglais étaient assis des gentlemen portant leur élégant uniforme de cuir, cigarettes Craven A, bien chaud et sec, Dunkerque encore tout frais dans la mémoire. Ils avaient désigné le sol : combien de bombes il nous reste ? Allez, un dernier piqué, on va montrer à ces crapules, en bas, ce que ça veut dire d'élire un criminel comme Hitler. Quatre-vingt-dix-huit pour cent en faveur de l'Allemagne ? À votre service. Et ils n'avaient pas touché la barge – c'était le plus beau !

Hansi Strohtmeyer sortit le missel et nota qu'il n'existait pas de pont ici, mais un bac qui faisait l'aller-retour, et qu'il était inutile de s'agacer si on le voyait partir au moment précis où l'on arrivait baigné de sueur, parce qu'il revenait immédiatement – à supposer qu'il fonctionne.

La presqu'île de la Vistule. Ah, les bandes d'écume convexes qui ne cessent de revenir et de revenir encore à la terre, et les pins usés par les tempêtes… Ce qu'ils pourraient faire, ici, avec le tourisme ! dit Hansi Strohtmeyer. Ils en encaisseraient, de l'argent ! Sans se salir les mains ! En échange, ils pourraient se mettre le chantier naval de Danzig où je pense ! Ils loueraient des cafés, des hôtels, des restaurants et des chevaux qui galoperaient le long de la plage… Et il prit des notes sur les lieux où l'on pourrait construire un hôtel de ce genre, et il put, plus silencieux, se remémorer les sommes qu'il avait dans ses réserves, savoir si ça suffirait peut-être, un jour.

Jonathan avait pensé que la presqu'île mesurait au moins dix kilomètres de large, c'est l'impression que donnait la carte. Il constata alors qu'elle n'était composée que d'une seule route avec un peu de terre à gauche et à droite. Et ici, sur cette langue étroite, les réfugiés avaient avancé à pas lents d'un côté et de l'autre, après la marche mortelle sur la lagune gelée, lorsque le cul-de-sac avait été fermé. Ils n'avaient pas pu arriver jusqu'à Danzig, et à Pillau non plus. Ils restèrent donc sur place, côte à côte, jour après jour, nuit après nuit, le regard au ciel.

À Stutthof, il y eut une « agréable surprise », comme l'exprima Hansi Strohtmeyer : le camp de concentration « faisait relâche ». « Fermé aujourd'hui », lisait-on à la porte. D'une certaine manière, Dieu merci, pensèrent les deux hommes. Aller regarder les baraques, puis peut-être, au musée, le pilori, et ensuite se faire agonir d'injures par le guide, vous, les Allemands, vous êtes responsables de la mort de dizaines de milliers de Juifs hongrois…

Hansi Strohtmeyer secoua le portail et regarda à travers les barreaux – rien à faire. Les gens, à l'époque, avaient dû regarder l'extérieur de la même manière que lui observait à présent l'intérieur du camp.

Non loin de là était garée la Mercedes de Düsseldorf, celle aux vitres teintées. L'homme et la femme étaient descendus. Dieu seul savait ce qu'ils pouvaient bien venir faire ici ! Peut-être l'homme avait-il été dans la SS, peut-être, à l'époque, avait-il chevauché le long de la plage devant des détenus qui ôtaient leur casquette ?

Non, c'était autre chose. Le personnage principal, ici, c'était la femme. Elle avait travaillé comme détenue à la laverie, et c'est ce qui lui avait permis d'en sortir vivante. Ils avaient fait tout ce long voyage spécialement ! Du Connecticut en Allemagne ! dit-elle à Hansi Strohtmeyer… Ne pouvaient-ils pas obtenir qu'on fasse une exception pour tous les deux ? Elle parlait et parlait encore, tandis que l'homme, l'air mauvais, faisait le tour de la Santubara japonaise et la toisait. Il suivit du bout du doigt l'éraflure laissée par le clou.

« Non, aujourd'hui, c'est fermé », dit un Polonais qui arrivait en traînant des pieds : une *delegazi* venue de Hongrie voulait visiter en toute tranquillité les restes du camp, on ne pouvait donc rien visiter ni prendre aucune note. Même contre cinq marks, il n'y avait rien à faire… Le Polonais dit qu'il possédait quelques billets allemands qui lui paraissaient bizarres. Est-ce qu'ils étaient encore valables ? – Non, ils n'avaient plus cours, il s'agissait de ce qu'on appelait des *rentenmarks*, ils dataient de 1934 et il pouvait les ficher en l'air sans remords, aucun musée du Patrimoine n'en acceptait plus. Les messieurs-dames dans leur Mercedes aux vitres teintées n'y auraient rien pu non plus, ils étaient déjà repartis.

Lorsque l'homme comprit qu'il ne pouvait plus rien faire avec cet argent et qu'il s'était donc fait rouler, il prononça un juron passablement écœurant qu'ils n'eurent d'autre choix, l'un comme l'autre, que de prendre pour eux.

« Tu sais quoi ? dit Hansi Strohtmeyer, puisque nous ne pouvons pas entrer ici, allons au moins voir ton père. »

Il ne pouvait pas exiger ça, dit Jonathan, qui se braqua totalement, pourquoi remuer de nouveau ces vieilles histoires ? Puis : Est-ce qu'il n'était pas déjà beaucoup trop tard ? Est-ce qu'ils réussiraient encore à avoir leur avion ?

Un bunker près de l'eau, juste à côté de Kahlberg, avait-on dit, une seule et unique bombe : « Votre père n'a rien senti, il est mort sur le coup… » Et Jonathan ne voulait pas y aller, mais on ne lui demandait pas son avis. Rien ne dévia Hansi Strohtmeyer de son idée, qui lui était venue pendant la nuit. Il fit faire demi-tour à la grande voiture et ils démarrèrent lentement – d'autant plus que ce n'était pas bien loin. Les quelques kilomètres supplémentaires ne faisaient rien à l'affaire, leur influence négative sur l'ordinateur de bord était à peine perceptible. Et alors qu'on était resté très silencieux jusque-là, Hansi Strohtmeyer se mit à raconter ses courses automobiles. Une année où passait le rallye, en Afrique, lui avait-on raconté, un paysan noir n'avait cultivé que des melons, persuadé que les pilotes et les journalistes qui traverseraient son village mourraient d'envie d'un rafraîchissement. Cet homme avait placé tout son argent et une année de travail dans son champ de melons, il avait dressé la table, et après ? Pffffuit ! Terminé. Une demi-heure de fracas de tonnerre et pas un seul melon vendu.

À Krynica Morska, c'est-à-dire à Kahlberg, se trouvaient quelques jolies petites maisons, avec une véranda peinte en vert donnant sur la route et des glaïeuls à la clôture. Des Allemands avaient vécu ici jadis, de petites gens, c'étaient des maisonnettes allemandes avec des vérandas allemandes, badigeonnées de vert. La maison d'angle avait peut-être été la kommandantur, des opérateurs radio y avaient peut-être été assis près des clapets, occupés à recevoir les derniers ordres. Un lieutenant allemand avait peut-être été assis là, en se demandant si cela avait encore un sens de ficher le camp.

Il n'était pas difficile de se repérer. Sur la gauche au croisement, on allait vers l'eau. On entendait déjà la Baltique, et on la sentait : Hansi Strohtmeyer avait l'habitude de la fendre avec un hors-bord quand il avait le temps, entre deux courses. Jonathan n'avait aucun souvenir de la Baltique. Enfant, il était allé à la mer du Nord avec son oncle, une année après l'autre, à Langeoog, avec un cerf-volant en papier, une pelle et un seau, puis, des années plus tard, il y avait fait la connaissance d'Ulla Bakkre de Vaera, un matin de bonne heure, dans la librairie, alors qu'il voulait acheter ses journaux. C'est elle qui avait commencé l'histoire, et cela avait été une belle période, tellement inhabituelle et détendue. Le short noir de son amie, ouvert sur le côté, lui revint à l'esprit, mais rien ne broncha en lui.

Le hasard est la seule constante de l'existence, se dit Jonathan.

Sur la plage reposaient des bateaux de pêche badigeonnés de jaune et de bleu ; des hommes étaient en train d'y charger des filets.

Les ultrasons leur avaient signalé que quelques poissons nageaient à 20° NNO. Les poissons se prendraient dans les mailles avec leurs branchies, des petits et des gros que l'on sortirait ensuite de l'eau, on leur ouvrirait le ventre, on leur extrairait les entrailles et les belles dames dans les poissonneries bien propres exigeraient que le filet soit frais, et on le ferait cuire avec du bon beurre.

Hansi Strohtmeyer laissa Jonathan marcher devant lui comme un radiesthésiste, il l'observait attentivement, qu'il n'aille pas casser quelque chose et, peut-être, dire : « Tu sais, ça n'a aucun sens, ce que nous faisons ici… » Ça n'était pas pour cela qu'il avait fait le détour ! Hansi Strohtmeyer ne supposait pas que Jonathan ait su précisément où se trouvait le bunker dans lequel s'était trouvé son père au moment où lui était venue l'idée de sortir en pleine nuit : griller une cigarette, allumer son briquet, terminé. Il suivait Jonathan pour le forcer à ne pas abandonner sa recherche. L'instinct ferait bien en sorte qu'on trouve l'endroit où son père était mort.

Jonathan ne savait effectivement rien. Il entendait l'eau et les mouettes, il voyait les pêcheurs… Il n'avait jamais vraiment écouté quand on avait prononcé ces mots : un bunker dans les dunes, juste au bord de l'eau, c'était là que son père était mort. Qu'ils n'aient pas retrouvé grand-chose de lui, voilà qui était déjà plus intéressant : ils avaient ramassé la médaille d'argent des blessés, et une chaussure reposait encore entre les brins d'élyme.

Jonathan dut se forcer à penser au lieutenant de la Wehrmacht qu'avait été son père, casquette de campagne, avec pli et pantalon bouffant. Un inconnu, et pourtant tout près et encore là, de nouveau là. Une joue dure et mal rasée contre sa joue, et la valise pleine de journaux intimes et de lettres qui se trouvait à Bad Zwischenahn, dans le grenier, chez l'oncle Edwin – et qu'il n'avait pas ouverte jusqu'à ce jour. Son père était un mort qui apprenait qu'on était en train de collecter ses dernières secondes terrestres, un mort qui se levait à présent, de l'autre côté, sortant de la vase chaude – après avoir été si longtemps allongé, après avoir si longtemps dormi… Une âme qui se penchait à présent d'un côté à l'autre pour savoir si c'était bien d'*elle* qu'on parlait ? Si ça n'était pas plutôt une erreur ? Qu'avait-il à voir avec ce jeune homme, en bas, qui dans la brise de mer jetait les cheveux vers l'avant, qui marchait à présent tout droit vers le lieu où cela s'était produit, jadis, où l'éclair lui avait arraché la tête et atomisé les membres ?

Jonathan était prêt à crier « C'était ici ! » pour mettre un terme à cette inspection dans le sable, mais cela n'aurait pas fonctionné, Hansi Strohtmeyer ne l'aurait pas accepté. Il devenait plus attentif à chaque minute qui passait, il voulait savoir, savoir très précisément.

La journée était belle et Jonathan regardait la mer lisse qui clapotait au loin, jusqu'à l'horizon plongé dans la brume. De la terrasse en bois, qui sans doute avait jadis été un café dansant, « Été, soleil, Erika[28] ! », des soldats en sentinelle regardaient de l'autre côté avec des jumelles, et les pêcheurs, près des bateaux, s'arrêtèrent et regardèrent eux aussi pourquoi ce jeune homme traînait là avec son nœud papillon à pois, un petit personnage vertical dans cette nature qui s'étalait largement à l'horizontale.

Jonathan détourna le regard et le leva vers les dunes ; c'est là qu'il remarqua une antenne radio. Il fit quelques pas, maladroitement, dans le sable mou de la Baltique, et il vit qu'il s'agissait d'un poste d'observation de l'armée, d'une baraque devant laquelle se trouvaient les débris d'un petit bunker. Jonathan le montra à Hansi Strohtmeyer : c'est ici. Ils continuèrent leur chemin, ils approchèrent à vingt pas et furent interpellés par les gardes qui veillaient à ce que nul n'approche la sainte patrie par la mer : Qu'est-ce qu'ils venaient faire par là ? crièrent les soldats, et Hansi Strohtmeyer prit sur lui de répondre. Ils avaient cru, dit-il, qu'il s'agissait d'une baraque à glaces, il faisait très chaud ce jour-là ; et Jonathan se posta le dos au bunker, et il vit alors ce que son père avait vu au cours des dernières heures de sa vie. Il fit porter son regard jusqu'aux lambeaux de fumée à l'horizon, et si ce regard avait été quelque chose de matériel, une colombe, par exemple, elle aurait pu revenir comme un écho. Tous les regards, émis depuis ce point, auraient pu revenir à cet instant, le père qui cherchait ses jumelles – si les cargos n'allaient pas bientôt arriver – Danemark ! –, les regards d'espoir des réfugiés, le désespoir des Juifs – et même l'indifférence des dames de l'avant-guerre qui se frictionnaient avec du Nivea et regardaient les voiliers se coucher sur le flanc… Toutes les indifférences seraient revenues, toutes les espérances, tous les désespoirs – comme un coup de vent en provenance de photos pâlies par le temps.

Jonathan se pencha, prit un peu de sable et le versa dans le flacon de médicaments de Maria. Un institut médico-légal y aurait peut-être reconnu des éclats microscopiques de son père, entre les minuscules cristaux bruns, noirs et de quartz. Et ce fut la fin de la cérémonie. Hansi Strohtmeyer cria aux soldats : « Eh bien alors, salut ! » Les pêcheurs se courbèrent au-dessus de leurs bateaux, les oiseaux s'envolèrent et le lieutenant de la Wehrmacht, de l'autre côté, put s'enfoncer de nouveau dans la vase chaude d'où on l'avait fait sortir en l'appelant.

« C'était mon fils, il me recherchait », chuchota-t-il à ses camarades, et ils le répétèrent : « Son fils le recherchait. »

Et Jonathan se dit : « Ma mère y est restée pendant la fuite, et mon père a passé l'arme à gauche dans la lagune. »

Je t'ai appelé par ton nom, tu es mien.

19

En fin d'après-midi, l'appareil de la LOT atterrit à Hambourg. Dans la file hétéroclite des passagers qui descendaient de l'avion se trouvait aussi Jonathan Fabrizius, dont le sac de voyage incommode, mais approprié, cognait le creux des genoux. Il portait son manteau sur le bras, et dans la main le rouleau contenant le *Jugement dernier* de Memling, un cadeau de voyage destiné à Ulla, les damnés dégringolant dans l'enfer et les bienheureux insipides montant vers Dieu. Jonathan était un peu distrait : ce voyage l'avait quand même plus fatigué que prévu. Ce n'était pas défavorable aux retrouvailles avec son amie. Elle le regarderait et elle dirait : « Comme tu as l'air épuisé, mon cher ? » Ensuite, il y aurait des grillades et il raconterait ce que le voyage lui avait apporté. Elle l'écouterait, sans plus, et on sifflerait ensuite dans la nuit.

Dans le hall, sous les jingles introduisant les annonces destinées aux passagers qui se rendaient à Tenerife afin de profiter de l'arrière-saison pour se baigner, manger, dormir, Mme Winkelvoss, qui portait ses trente-huit ans dans ses vêtements bouffants, lui donna sa carte : Qu'il l'appelle s'il passait à Francfort, elle avait une chambre d'amis, toilettes séparées, il pourrait y passer la nuit quand il le voudrait, son mari l'accueillerait avec plaisir. Elle l'appela « Joe ». Puis elle lui donna un baiser de bons camarades. Elle allait revenir auprès de son époux et de son enfant, un mari qui se coiffait les cheveux au-dessus de l'oreille et une enfant qu'on surnommait « Café au lait ».

Hansi Strohtmeyer lui tendit la main, le « chauffeur » aux nerfs d'acier, et la serra avec une telle force que Jonathan en plia les genoux. Il regarda encore une fois cet homme, et il hésita.

C'était un épisode, se dit-il, des gens comme ça, il y en a autant que de grains de sable au bord de la mer… Et « ça n'a aucun sens », dit-il à voix basse en partant pour Eppendorf à bord d'un taxi dont la radio lui changea les idées en diffusant une vieille rengaine :

Oh, oh, oh, à Mexico,
Oh, tous les garçons se gobergent
Car toutes les filles noires de peau
Dans cette ville de forêt vierge,
Elles remuent le bas du dos !

Jonathan se demanda un instant s'il ne devait pas commencer par aller faire un tour chez Albert Schindeloe ; dire que la vie en Allemagne fédérale était absolument à vomir, et lui raconter qu'il faudrait bientôt y aller ensemble, en Prusse-Orientale, une fois qu'on y était, la Prusse-Orientale ne vous lâchait plus, ces allées magnifiques – elles dataient de l'époque allemande ! – et le chaos sympathique des Polonais… Jonathan savait pertinemment qu'il ne remettrait jamais plus les pieds en Prusse-Orientale : Florence, la porte du Paradis, ou le Castel del Monte, c'était quand même tout autre chose que le carrelage apeuré du Marienburg. Ou bien, peut-être, les Flandres, aller chercher les déesses nordiques ?

Il n'alla pas chez Schindeloe, mais se fit déposer au 13, Isestrasse. Il monta quatre par quatre les marches de l'escalier, comme toujours, il dépassa l'ascenseur tressautant dans lequel la générale montait justement à son étage, et il parvint à lui échapper en entrant dans l'appartement avant qu'elle arrive. C'est alors que survint la grande surprise : il était vide ! Enfin, sa chambre à lui ne l'était pas, naturellement, mais celle de son amie, si. Ulla Bakkre de Vaera avait décampé, avec les disques de coton qui se trouvaient aux toilettes. Elle avait profité de l'occasion pour rejoindre son patron. L'appartement en mansarde, au dernier étage du musée, l'avait convaincue. Trois chambres, des papiers peints aux couleurs des tapisseries du Frauenplan[29], et une adorable petite salle de bains. La camionnette du musée avait assuré le transport de ses affaires, M. Kranstöver lui avait pressé dans la main un bouquet de glaïeuls et lui avait apporté personnellement une pièce sortie du fonds, un tableau danois sur lequel on voyait une fillette coiffée d'un bonnet de laine. À l'heure qu'il était, Ulla Bakkre de Vaera était certainement en train d'accrocher des œuvres au musée, une déposition de croix, peut-être, tandis que M. Kranstöver, dans son bureau, rangeait dans son tiroir la photo d'une femme d'un certain âge, en cadre argenté, et glissait des billets de banque dans son portefeuille – partir quelques jours pour la France, se détendre avant que ne commence le grand ramdam de l'exposition. Avec à ses côtés une personne dont il s'agissait de résoudre l'énigme. Recevoir la tasse de thé amer pendant que les lézards se faufilent sur les ardoises. Peut-être un destin bienveillant lui accorderait-il encore quelques heures dorées, le temps s'envolait jalousement.

Oui, la chambre d'Ulla était vide. Et Jonathan ne le comprenait pas. C'est ici qu'elle avait habité, qu'elle avait fait des patiences en écoutant le *Concerto pour piano en mi bémol majeur*, et voilà qu'elle était partie ? Jonathan ouvrit la porte coulissante qui était d'habitude barrée par l'étagère à livres d'Ulla, et il retourna dans sa partie en flânant, il revint à son canapé de cuir, à la table de la cuisine, puis de nouveau chez Ulla, à la fenêtre dont le rebord lui servait à ranger ses vases kitsch. Le métro aérien passait devant en pétaradant.

Cela ne faisait aucun doute : Ulla l'avait quitté en emportant son supplice de la scie vu par Gallot et sa lampe Gallet qui diffusait toujours une lumière tellement agréable sur la table lorsqu'elle remettait en ordre, de ses tendres mains, les cartes de son fichier de la cruauté. Elle avait fait ses bagages et elle était partie, probablement même avec l'aide d'Albert Schindeloe. Il pourrait lire les motifs quasi judiciaires de sa disparition subite dans la lettre posée debout sur le rebord de la fenêtre, il pouvait en être sûr. Et tous les motifs seraient plausibles, et malgré tout il ne les comprendrait pas.

À qui allait-il à présent raconter ses journées en Prusse-Orientale ? Ses expériences avec le passé, le fait qu'il n'est pas sans danger de s'occuper de choses qu'il vaudrait mieux laisser dans les tiroirs ? La déesse nordique de Danzig et le Marienburg, qui en était le pendant ? Et qui le laissait pourtant, après coup, insatisfait ? Cette manie de la construction utilitariste – non, vraiment, le Castel del Monte était déjà plus convaincant.

Jonathan repassa dans sa chambre et posa son sac sur la table. Il en sortit ses notes, les posa près de la machine à écrire puis tapa, debout, quelques lettres sur le vieux clavier, comme on le fait sur un piano quand on est en visite chez des amis, *mi*, *fa* dièse, *sol* dièse, *si*, *do* – et les amis disent : Il est triste.

Le « e » coinçait, comme il le faisait depuis toujours.

Il pensa à Rosenau et au mur du cimetière, à sa chute, au coup aigu contre son occiput, et il vit un alignement infini de portes qui se fermaient toutes très progressivement.

« Peu importe… » dit-il à voix haute.

La chambre claire et ensoleillée, à l'avant : il allait pouvoir déménager, installer la table devant la fenêtre… Oui, se dit-il, le mieux serait qu'il garde les deux chambres, ça lui permettrait d'aller et de venir tranquillement, de regarder à l'extérieur par-devant et par-derrière et de poser encore plus de livres au sol. C'était une très bonne chose qu'il se soit lié d'amitié avec la générale, elle donnerait son accord. À l'heure qu'il était, elle se tenait vraisemblablement dans la cuisine, penchée au-dessus de l'évier pour se libérer de ses expectorations de fumeuse. Ou alors elle avait l'oreille posée au mur et écoutait s'il prenait les choses à la légère ou s'il s'effondrait sous ce coup du sort.

« Effacer au rasoir », cette expression lui revint d'un seul coup et il tenta en vain de la refouler – elle concernait son oncle, qui ressemblait à Julius Streicher et était pourtant un homme si bienveillant. Quatre-vingt-six ans ? Lui claquerait bientôt, on pouvait compter là-dessus, et ce jour-là le loyer des deux chambres ne serait plus un problème.

Étrange que le Botero ait été enlevé du mur. Le tableau était par terre, le clou avait été arraché et le trou replâtré.

Qu'est-ce que ça pouvait bien encore signifier ?

NOTES DU TRADUCTEUR

1. Deux villes du Mecklembourg-Poméranie-Occidentale.
2. Dans le *Faust* de Goethe.
3. Extrait de « Die Frauen von Nidden », poème d'Agnes Miegel, née en 1879 à Königsberg.
4. Le « Westerwaldlied », fameuse marche militaire composée par Josef Neuhäuser.
5. « Son séjour a été établi dans la paix, et sa demeure dans Sion. » Extrait d'un chant grégorien.
6. Inspiré du *Faust* de Goethe. L'original de Goethe dit : « *Du wirst, mein Freund, für deine Sinnen / In dieser Stunde mehr gewinnen. Als in des Jahres Einerlei.* » « Tu gagneras plus, mon ami, pour ton esprit au cours de cette heure qu'en toute une année. »
7. En allemand, *Blutzeuge.* L'expression, qui désignait traditionnellement le martyr, a été intégrée au vocabulaire du nazisme pour évoquer le militant nazi mort au service du parti.
8. Seedienst Ostpreussen, liaison maritime instituée en 1920 pour permettre aux électeurs allemands d'aller voter aux référendums sans passer par le « corridor » polonais, qui leur était interdit. La liaison dura jusqu'en septembre 1939.
9. « Est-ce que je dois, est-ce que je dois aller à la petite ville… » Ancien chant de soldats qui fut notamment interprété par Marlene Dietrich et, plus tard, par Mireille Mathieu.

10. Le navire *Wilhelm-Gustloff*, chargé de réfugiés, avait été torpillé par la marine soviétique. Surchargé, dépourvu d'escorte, il fut victime d'un sous-marin. Entre neuf mille et dix mille personnes périrent. Günter Grass a consacré un roman – *En crabe* – à cet épisode de l'évacuation des anciens territoires allemands à l'Est.
11. Szczecin : le nom polonais de Stettin, ancienne ville allemande.
12. Pendant la « campagne électorale » de 1932, Hitler survolait avec son avion les villes dans lesquelles il tenait ses discours, afin d'impressionner son public. La presse reprit fréquemment ce slogan.
13. Depuis la « Jeunesse viking » d'extrême droite jusqu'aux parachutistes nazis, ce chant fut l'un des emblèmes de l'époque nazie.
14. La Westerplatte, presqu'île de la Baltique, fut la première cible militaire attaquée par l'armée allemande en septembre 1939.
15. Julius Streicher, éditeur antisémite virulent, membre du parti nazi, directeur du brûlot raciste *Der Stürmer*.
16. Chanson de Fritz Rotter et Franz Doelle, qui connut son heure de gloire dans les années 1920.
17. Les *Gauleiter* étaient les responsables régionaux du parti nazi.
18. C'est le célèbre acteur Hans Albers qui interpréta en 1943 le rôle du baron de Münchhausen au cinéma, dans un film réalisé par Josef von Báky.
19. Extrait de la *Passion selon saint Matthieu* de Bach.
20. Né à Danzig, Günter Grass a notamment consacré à cette ville sa première trilogie romanesque, *Le Tambour*, *Les Années de chien* et *Le Chat et la Souris*.
21. Wisła : le nom polonais de la Vistule.
22. C'est à l'embouchure de la Vistule que nombre d'habitants de la Prusse-Orientale parvinrent à fuir vers le « Reich » à l'arrivée des Soviétiques, tandis que beaucoup restaient coincés dans ce cul-de-sac. Voir Walter Kempowski, *Schluss ?*, trad. d'Olivier Mannoni, Paris, éditions Globe, 2020.
23. Des conservateurs de l'Union chrétienne-démocrate.
24. Ligne Oder-Neisse : la ligne qui délimitait la séparation entre la Pologne et l'Allemagne (de l'Est, en l'occurrence) depuis la fin de la Seconde Guerre mondiale.

25. Il s'agit du tableau *La Prière au repas*, où le Christ apparaît à une famille de paysans à l'heure du déjeuner.

26. La plupart des conjurés du 20 Juillet qui n'avaient pas été fusillés immédiatement, comme Stauffenberg, furent pendus ultérieurement, après une parodie de procès, à des crocs de boucher et à des cordes de piano. Hitler fit filmer la scène.

27. Allusion à Wolfram Siebeck, journaliste et critique gastronomique allemand, connu pour ses critiques du fast-food et de l'élevage intensif.

28. *Sommer, Sonne, Erika* : titre d'un film de Rolf Hansen sorti en 1939 avec Karin Hardt et mettant en scène un groupe de jeunes s'évadant en bord de mer à l'apogée du nazisme.

29. Frauenplan : célèbre place de Weimar, à proximité de laquelle se trouvait le logement de Goethe.

Ouvrage réalisé par Cursives à Paris

Cet ouvrage a été achevé d'imprimer
par Corlet Imprimeur
à Condé-en-Normandie
en novembre 2021

N° d'impression : 21090743
N° d'édition : 01
Imprimé en France